新說 狼與辛香料

狼與羊皮紙 2

支倉凍砂
Isuna Hasekura

Illustration
文倉 十
Jyuu Ayakura

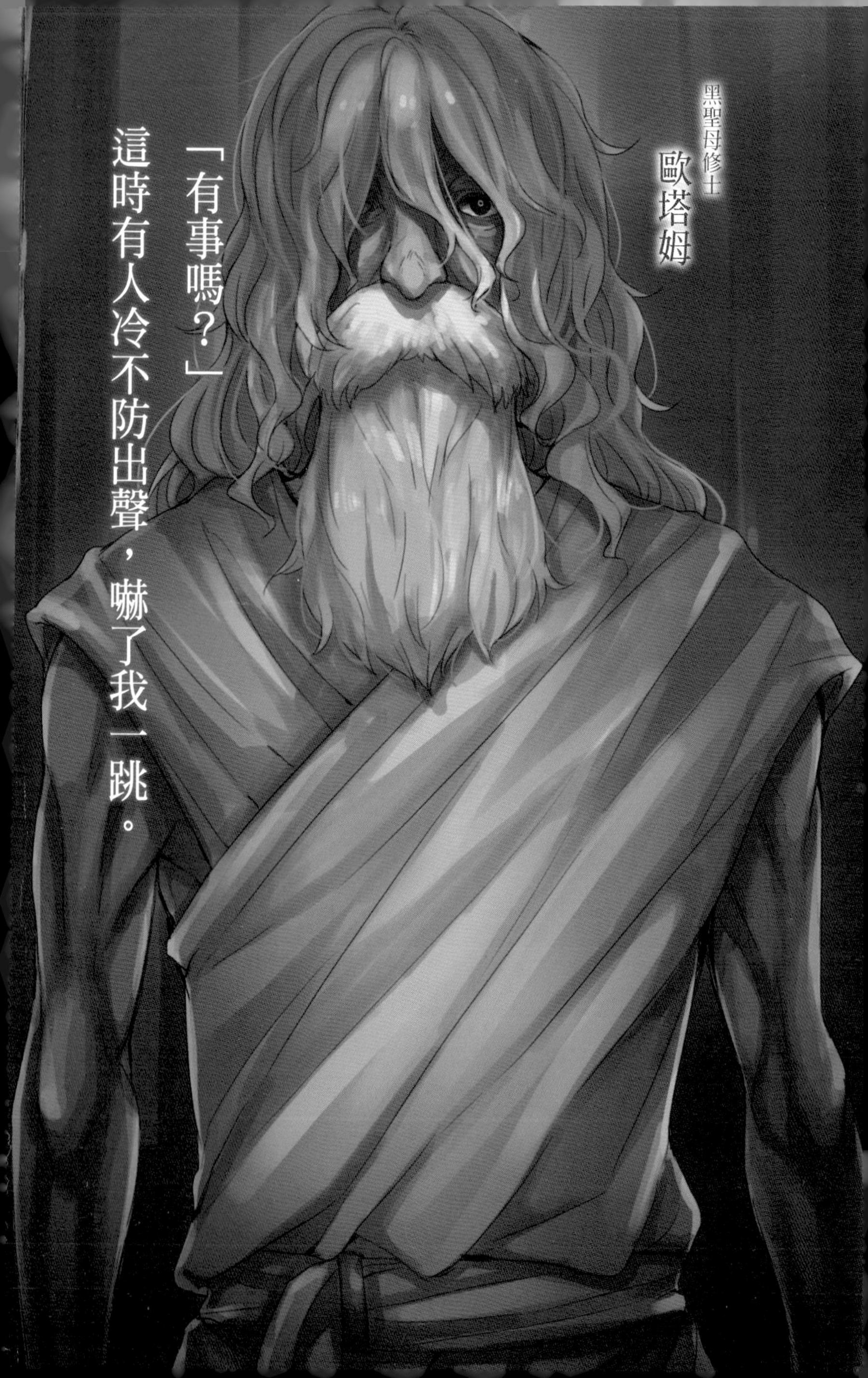
黑聖母修士
歐塔姆
「有事嗎？」
這時有人冷不防出聲，嚇了我一跳。

「謝謝妳打從心底
為我擔心。」

「大哥哥！」

「……繆……為、什……」

話已經說不清了。

彷彿臼齒融化黏住了嘴，

下巴不聽話地緊咬，僵得張也張不開。

繆里似乎是脫了衣服才跳海，
身上衣物薄得誇張。
真想罵她：「感冒了怎麼辦。」

Contents

新說　狼與辛香料

狼與羊皮紙 2

Kadokawa Fantastic Novels

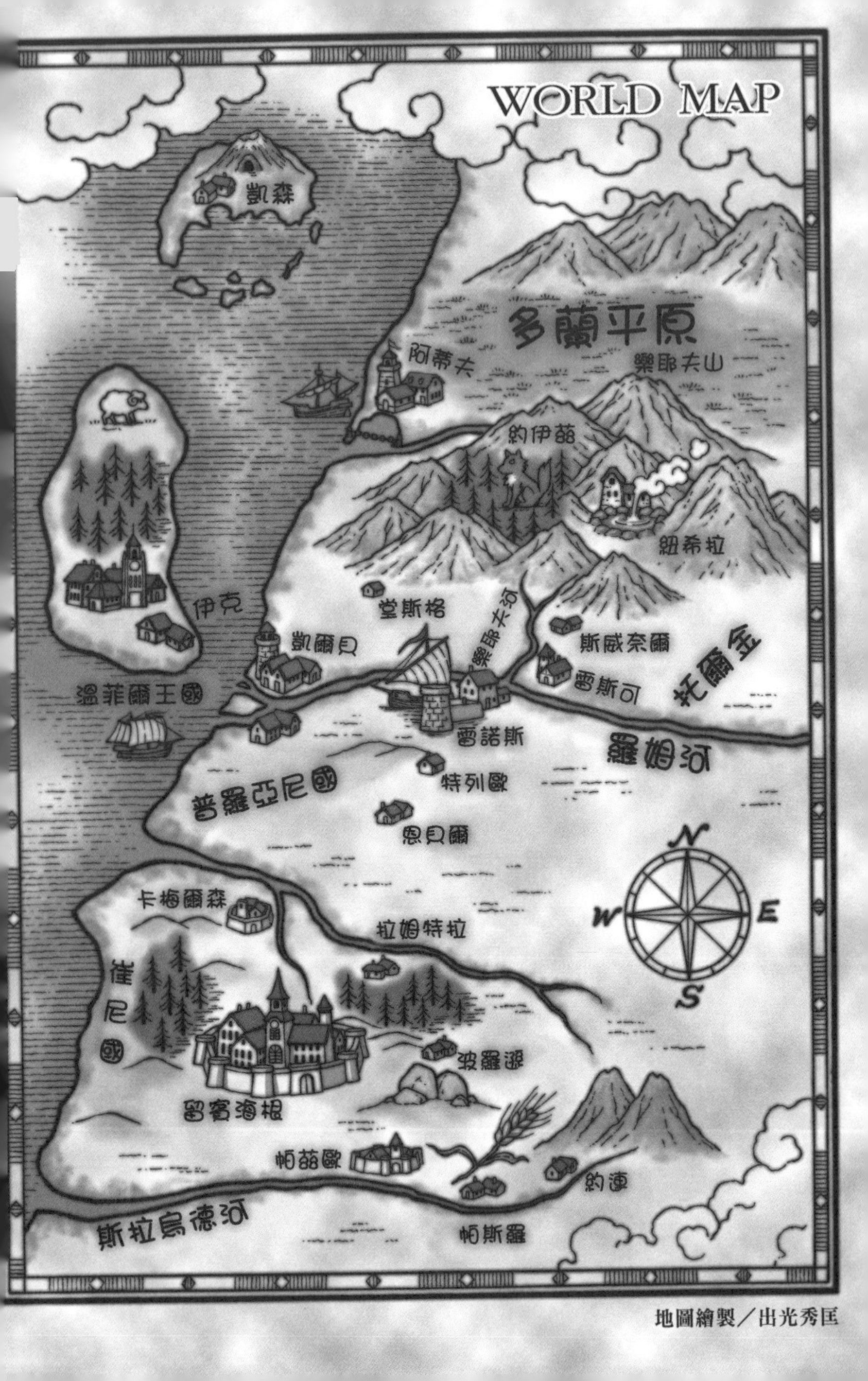
WORLD MAP
凱森
多蘭平原
阿蒂夫
樂耶夫山
約伊茲
紐希拉
伊克
堂斯格
凱爾貝
樂耶夫河
斯威奈爾
雷斯可
托爾金
溫菲爾王國
雷諾斯
羅姆河
特列歐
普羅亞尼國
恩貝爾
N
W
E
S
卡梅爾森
拉姆特拉
崔尼國
波羅遜
留賓海根
帕茲歐
約連
斯拉烏德河
帕斯羅
地圖繪製／出光秀匡

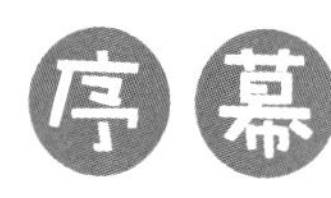

序幕

夜未央的暗暮中，我搓著手來到中庭井邊。這幾天弄壞了身子，終日臥床，已經好久沒這麼早起了。即使下榻的商行會館住滿了信奉時間就是金錢的商人，我仍起得比他們都早。

用斜靠在井邊的棍棒敲碎水面厚厚的冰，打起一桶冰冷刺骨的水。往臉一潑，睡意就全被剃刀割掉了一樣。擦乾臉，大口吸入寒冷空氣仰望星空，暢快得令人不禁一笑。

接著，我在結凍的地面下跪。不需要鋪毛毯。耐得了寒冷與痛楚，更能彰顯我向神禱告的熱誠。

靜謐的空氣，使我很想永遠在這裡禱告下去，可惜天空已泛白，早起的商人開始露臉。再待在這裡，勢必會排起要我祈禱生意興隆的隊伍。若因此又弄壞身子，可就賠了夫人又折兵了。

於是我適可而止，返回房間，在桌上備好紙墨。這次已經晚了幾天，再不寫信回去會害人擔心。

收信人是從小照顧我長大的夫妻，內容是回報他們旅行在外的女兒近況，以及我們在暫住的港都遭遇的大風波始末。他們夫妻消息都很靈通，更何況事情鬧得那麼大，消息恐怕這幾天就會傳進他們耳裡。我在信上寫得詳細一點，他們的擔憂也會少一些吧。

然而，我仍謹慎挑選字詞，組織事實。畢竟我的恩人將寶貝獨生女託付給我，實在不難想像父親擔憂女兒安危的焦急神情。

我在信上特別註明，他們這位快到出嫁年紀的女兒沒有受到半點傷，並強調她還反過來照顧過勞病倒的我，表現出女性化的一面。再補上雖然貪吃、任性和愛搗蛋都沒變，可是她的勇氣和智慧仍起了極大的幫助。然後……寫到這裡，我停下了手。

在前幾天那場大風波中，我得知了女孩藏了好幾年的祕密。而她母親似乎早已知情，只有男人摸不著頭緒。這明明是該向女孩父親報告的事，但我卻遲遲寫不下手，其實是有個重大的原因——因為這女兒有了個心儀的男性，而這個男性就是和她出門旅行的我自己。

以父親角度來看，等於是女兒被狼給拐跑了吧。儘管我沒有不良居心，也肯定自己再怎麼樣也不會犯那種錯，在信上寫那種事也只會勾起他不必要的不安。於是逡巡了一會兒後，我決定作罷。

看來我們的旅程仍能平安繼續。上帝保佑。

寫下這行後，我簽下自己的名字——托特·寇爾。

照理是該讓女兒繆里也在信上署名，但這麼一來她必定會見到信中內容，進而動手改寫。為了避免不必要的麻煩，還是算了。

緘封時，有那麼一絲掩蓋祕密的罪惡感。

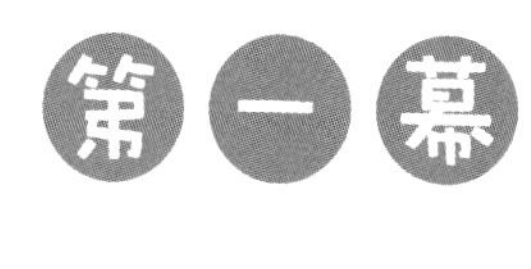
第一幕

旭日東昇，教堂吊鐘高聲鳴響。

那是宣告市場開工，今日正式開始的信號。

當然，勤勞的工匠或商人早在那之前就開始活動，不過在鐘響前都壓低了聲響。等鐘一敲，就不必再躡手躡腳了。縱然是嚴冬也大開木窗，昨晚喝得宿醉的貴族家老么也會被攆下床。

待傳遍全鎮的鐘聲殘響也消散無息，默讀中的我闔上聖經，大口吸氣。

「繆里！」

一叫人，床上那團被子抗議似的晃了晃。原以為要起床了，結果再也沒動靜。

我嘆口氣離開椅子，把同房貪睡蟲蓋到頭上的被子整個扯下。

「嗚嗚……」

被滿窗傾注的朝陽一照，銀色毛球縮得更小了。那年輕女孩擁有彷彿灰裡摻了銀粉的奇妙髮色，懷裡還抱著看起來很溫暖的同色毛皮。

在告別照顧我整整十年的溫泉旅館，離開溫泉鄉紐希拉下山旅行那天躲進行李跟來的繆里打了個哆嗦，嫌朝陽刺眼般抱住了頭。這樣的畫面，我在紐希拉的溫泉旅館也不知見了多少次。

「……好冷喔……」

繆里整張臉貼在床上，縫隙間傳來怨恨的聲音。包著頭的手臂縫隙間，還能窺見彷若毛帽的獸耳。

「起來吃完早餐以後就會暖和了。」

「……」

繆里抗議似的沉默片刻，突然間，有道細小的「咕嚕~」在房中響起。看來是她的身體對「早餐」一詞逕自起了反應。我從繆里還是嬰兒起就在照顧她，自然懂得怎麼應付。於是清咳一聲，折著被子說：

「黑麥麵包先放在爐子上烤香。」

「……」

隱約露出繆里手臂縫隙的獸耳抽了兩下。

「同時磨點岩鹽，灑在滿滿都是黃色油脂的培根上，加洋蔥一起炒。加個一、兩片昨晚用剩的大蒜應該也不錯。」

她懷裡的尾巴開始顫動，蜷縮的身體也扭來扭去。

「等到蒜香四溢，培根也流出香濃的油，再打一顆新鮮的蛋。滋滋滋……」

有吞口水的聲音。

「稍微把蛋攪一攪，用肥滋滋的培根抹一抹，然後在蛋黃熟透之前離火，放在烤好的麵包上。

最後對準略帶酸苦，吸滿蛋汁和鹹香油脂的黑麥麵包……大咬一口。

「唔唔～！」

繆里放棄抵抗，敞開蜷縮的身子跳了起來。

「大哥哥你很壞耶！明明不會有那種早餐還那樣說！」

「光是有早餐吃就夠享受了。還有昨晚剩的香腸能吃吧。」

我放下折好的被子，見到繆里被回籠覺的誘惑纏身，不過意識似乎早已飄到早餐上。她臭著臉溜下床鋪，打個大噴嚏。

「好了，頭髮梳一梳，衣服穿好。」

「哈啾！……窣窣。很麻煩耶，我想在這裡吃早餐……」

「這裡不是溫泉旅館，我們也不是住客。自己去廚房拿早餐。」

聽我冷冷地這麼說，繆里很不甘願地噘著小嘴換衣服。即使我從嬰兒就開始照顧她，就像親妹妹一樣，可是她年紀也不小了。更衣時，我自然得背對她。

「好了吧大哥哥，我換好了！」

聽繆里不耐地這麼說，我轉頭查看。

她穿上了兔皮披肩、熊皮纏腰和切到大腿根的短褲，腿上套著強調肢體曲線的亞麻布襪。

這裝扮在人擠人的港都也十分醒目。

而且她身上還有更顯眼的東西，我便輕聲提醒。

「耳朵和尾巴。」

繆里跟著一摸，人不該有的耳朵和尾巴就消失了。它們絕非裝飾，都是她身體的一部分。因為她母親不是人，是寄宿於麥子中的狼之化身，才會有那種被世人稱作惡魔附身者的特徵。

但儘管繆里的確是個調皮搗蛋的超級野丫頭，我仍能斷定她不是會被神詛咒的人物。而且繆里能憑意願隱藏耳朵和尾巴，只有在生氣或驚訝等情緒大幅波動時才會不由自主地冒出來。雖有點傷腦筋，在人類社會生活倒也不會太辛苦。

「這樣可以嗎？」

我聳聳肩，繆里也模仿我的動作。

「啊～好餓喔～頭髮晚一點再梳……」

兩隻小手按著肚子，眉毛垂成八字。假如尾巴還露在外面，一定是無力下垂。正等著繆里從我面前經過，離開房間時，她卻突然用力拉扯我的袖子。

「嗯？做、做什麼？」

我被她拉得差點跌倒，只見她白著眼轉過來說：

「還問？這次換我了吧？」

「……換妳？」

還沒弄懂是什麼事，繆里就一把摟住我的手臂。從肩膀下方抬起的那張臉，是張晴空萬里的笑臉。

「這是比賽，當然要公平呀。獨占就太奸詐了。」

繆里笑得天真無邪，而我壓根兒聽不懂。

比賽？獨占？

我死命地想串起這些詞，繆里卻自顧自地與我十指交扣。

遺傳自母親的泛紅琥珀色眼眸，發出準備就緒的光芒。

「你忘啦？神跟我的比賽呀。比大哥哥比較喜歡我還是神嘛。」

「……」

繆里年方十二歲上下，笑容中仍留有滿滿的稚氣。

當自己妹妹，從嬰兒就照顧到現在的繆里，不知從何時起開始把我當異性看待。而我居然到昨天才知道。

她沒事就說喜歡我，我當然知道她對我有好感，我也從未懷疑我倆之間的感情。可是，若是那方面的喜歡，事情就另當別論了。

更何況我是立志投身聖職的人，曾立禁慾之誓。在這樣的條件下，我無法接受她的愛，也當面對她這麼說過了。

繆里是個伶俐的女孩，完全明白我拒絕的道理，也知道縱情耍賴一點用也沒有。問題是她腦袋實在太鬼靈精，又只要認為正確，就會義無反顧地直衝到底。

「大哥哥跟我沒有血緣關係，相愛不會有問題，所以只要讓大哥哥喜歡我勝過神就好了吧？」

居然毫不害臊地對我說這種話。即使遭我拒絕，她也沒有一點沮喪或不知該怎麼拿捏距離的尷尬。每晚都照常鑽進我被子，有機會就偷抱我；要是我不小心碰到她，她就樂得耳朵尾巴都跑出來猛搖。一副是表白之後再無顧忌的樣子，攻勢比還在紐希拉時更猛烈，用全身表現她對我的愛，使勁全力正面對決。

在熱度好比盛夏烈陽的愛意面前，聖職人員的禁慾之誓的防禦力簡直像一小片樹蔭那樣可憐。更慘的是，繆里還打算直接把樹給砍了。繆里用父親遺傳的好頭腦把聖經從頭到尾仔仔細細讀了一遍，做出一個結論。

那就是，聖經雖明言聖職人員不能屈於肉慾，卻沒有禁止俗人愛上聖職人員。意思就是對聖職人員出手也沒問題。而且大哥哥只是立誓禁慾，根本還不是聖職人員！

面對那一連串歪理，我一句話也辯駁不了。

因為就道理而言，她說得的確沒錯。

「來來來，我們去吃早餐吧？與其陪祈禱再多也半個字都聽不進去的神，陪我絕對是比較好

玩啦！」

雖然她信心十足地這麼說的模樣完全像個不信教的人，但事實上也是那樣沒錯，令人頭疼。

我側眼垂視繆里的笑容，無力地說：

「在不聽我說話這份上，你們是平分秋色吧？」

「那既然我碰得到你，所以是我贏嘍？」

繆里才收起來的尾巴晃來晃去，也不顧獸耳會折彎，把頭往我臂彎裡擠。

誠可謂是沒有絲毫媚色的童稚之戀。

然而，我還記得這幾天下來，她日以繼夜照顧過勞病倒的我的模樣。意識恍惚中，我不時見到她祈禱般的神情，那怎麼也不像演戲。甚至讓我覺得現在這些誇張的笑容和猛攻，都是當時為我擔心而造成的反彈。一這麼想，就讓我實在對她冷淡不起來。

「好嘛，大哥哥？」

「……知道了啦。」

我不堪其擾，嘆著氣答應了。

「可是。」

語氣一變，繆里就機靈地放開擁抱我手臂的手。她很清楚我怎樣才會動怒，而我也認為她不會真的惹我生氣。

可以肯定的是，她的確是個十分聰明的女孩。

「耳朵和尾巴又跑出來了。」

「啊。」

繆里趕緊摸頭收起耳朵，拍拍屁股藏起尾巴。

這時我走到門邊，手搭在握把上。

「還有一件事。」

一邊開門，一邊對小跑步過來的繆里說：

「不可以吃太多。」

繆里錯愕地睜圓了眼，咧嘴而笑。

「好～」

這回答明顯是敷衍我。

可是她知道我不會生氣，根本是被她玩弄於股掌之間。

離開房間關門後，繆里的小手自然而然地落在我手心裡。

聽見我嘆氣，那丫頭被搔癢了似的嘻嘻笑起來。

我們下榻的德堡商行會館，今天依然熱鬧。

商行一大，工作種類自然也多，休息時間也安排得相當自由。我借坐在廚房邊的老舊高桌旁，見到許多打雜的小伙計或老練商人都是抽空就站著匆匆填飽肚子，隨即趕往下一件工作。

如此忙碌氛圍中，只有繆里一個悠悠哉哉地拿麵包沾湯吃，每個路過的小伙計都忍不住看傻了眼。

但多半不是因為她優雅又享受，而是她之前才在會館裡打了一陣子小伙計的工吧。他們都是一副沒想到前幾天的工作夥伴原來是女孩的臉。

「因為我做得最好，膽子又很大嘛。」

繆里驕傲地挺起胸膛。考慮到她是瀕臨出嫁年紀的女孩，真希望她能端莊一點。

「廢話少說，快點吃一吃。」

「咦~？平常吃快一點，你還會罵我耶？」

繆里噘起了嘴。

「……那是因為妳像強盜一樣兩隻手抓著麵包和肉，一次全塞進嘴裡就跑上山玩，我才會罵人。」

臉上寫滿「你很囉唆」的繆里用麵包抹乾淨碗底的湯，往嘴裡一扔。

「再說大哥哥，你現在不是很閒嗎？鎮上的騷動都平安落幕了嘛。」

她說的騷動就是我過勞病倒，和我們來到這港都阿蒂夫的原因——為了解決統率世界信仰的教會，以及與溫菲爾王國與教會對立所產生的問題。

手執權杖長達千年之久的教會早已遺忘信仰的本質，純為自身慾望舞弄權勢。別說生活放蕩與破戒的聖職者滿街都是，還會處心積慮找藉口強徵稅金，貪享特權。像最近，原為抗戰異教徒而徵收的「什一稅」，即使與異教徒停戰之後也強要收取，在世界各地惹來廣大民怨。

其中，總算是有那麼一個國家挺身反抗教會的暴行，那就是溫菲爾王國。我為了替他們盡一份力，便決心離開位居深山的溫泉鄉紐希拉，試圖說服港都阿蒂夫的教會。

雖然過程中被捲入了一場騷動之中，最後總算是化險為夷，達成目的。

「我才不閒，待會兒還要去教堂幫海蘭殿下的忙呢。」

這位海蘭是溫菲爾國王的私生子，但仍是繼承國王血統的貴族，也是我直接的雇主。擁有高潔的意志，即使在騷動中身陷絕望處境，也依然為成就信仰甘冒性命危險。

倘若我得為某個人運用自己在深山裡累積的學識，海蘭就是我最期盼、最理想的人物。

「咦……？」

可是繆里一聽見海蘭這兩個字就大大垮下了臉。

「大哥哥，其實你用不著去吧……那個金毛不是也要你好好恢復體力再說嗎？所以接下來我們就在鎮上散散步，或是在房間裡休息嘛。」

「那個金毛」是繆里對海蘭的稱呼。

她之所以那麼排斥，是因為海蘭原來是扮成男性的美女。

說來無奈，我對海蘭的敬意與臣服態度，在繆里眼裡似乎是戀愛的表現。

「我都整整睡了一星期了。而且為了端正教會弊害，要做的事還堆積如山呢，我怎能偷懶。」

「噗……」

繆里沒趣地發出怪聲，趴到桌上。

「當然，假如妳想放棄這個累人的旅程回紐希拉去，我也會尊重妳的意見。」

她保持趴姿稍微抬頭，怨恨地朝我瞪來。

再怎麼說，繆里在先前的騷動中幫了我很多實際和心理上的忙，顯然沒有她就不會有現在的我，使我不得不敬佩她過人的韌性與聰慧。在這份上，不分青紅皂白就要她回故鄉去，感覺反而是我不講理。

再說繆里似乎比我更懂得怎麼在這塵世中打滾，使得「黃毛丫頭怎麼能出遠門旅行」這種常識都失去說服力了。

而聰明的她對這一切都了然於心，直勾勾地瞪著我。

「知道了，知道了啦。」

最後死心似的這麼說，以「所以呢？」的眼神斜眼抬望。

「知道了就去收拾餐具，還是妳想自己一個人留下來看房間？」

「才不要。」

「那就快去收拾。」

「好～」

即使不太甘願，繆里仍乖乖收拾餐具，前往廚房。

不久回來，嘴上叼了片肉乾。

我連說：「女孩子不要邊走邊吃。」的力氣也沒有。

「要去教堂了嗎？」

「是啊。對了，在那之前先和史帝芬先生打聲招呼好了。我躺了那麼久，自從那件事以來都沒見過他呢。」

德堡商行在北方地區各地都有分行，而史帝芬是港都阿蒂夫分行的負責人。我們就是寄宿在德堡商行的會館。

可是繆里聽了一副不敢領教的樣子，且不像是開玩笑。

「大哥哥，不要去找他比較好啦。」

「咦？」

「你忘了那時你把他嚇得多慘嗎？那個山羊鬍現在怕我們……應該說怕你怕得要死耶。」

「……」

的確。事發當晚，要先說服史帝芬支持我們，才有機會解救海蘭。那時我們採取的作戰計畫，就是把話說得不清不楚，讓他以為我們真的是神的使者，造成一個天大的誤會。

我們應該被關在牢裡，卻一下子就脫逃出來這點，在他眼裡也十足是如有神助吧。況且我出現在史帝芬面前時，身邊還有宛如來到人間執行天譴的銀狼。不知情的人見了，應該很容易以為自己遇上神蹟。

只不過神恐怕只會指著這頭狼的鼻子訓話，因為牠就是繆里。

「為了那個山羊鬍的心靈祥和，大哥哥還是少去找他比較好。」

繆里苦笑著補一句：「我都有點替他可憐了呢。」臉上是自知惡作劇玩過頭的獨特表情。

「他、他那麼怕啊？」

聽我這們問，繆里像個很想模仿大人的女孩聳了聳肩。

「……那我就不去了。」

「這樣就對了。」

我也不想在他心中留下創傷。

「那麼，我們就先去教堂一趟吧。」

繆里津津有味地嚼著肉乾點點頭。

晨間禮拜結束後，只剩退休老人留下的畫面在各地教堂都十分普遍。而這麼想的我，一開門就完全被教堂裡的人群給嚇住了。

「排隊！請各位依序排隊！無關教會的陳情，麻煩移駕到議會去！」

可能是墊了木箱吧，走廊上有個看似助理主教的年輕聖職人員比周圍高出半截身子，在人群中疾聲呼喊。且不僅走廊，另一頭的禮拜堂也擠滿了人，你推我擠。從服裝來看，有商人、工匠、農民等各式各樣的人們，甚至有人在室內高舉公會錦旗，不知是為了什麼。

「大哥哥，最近這種事是不是很常見啊？」

繆里稍歪著頭問，不過我也摸不著頭腦。在我為教堂裡簡直像開了一場大慶典而錯愕不已時，有人從背後撞上了我。

轉頭一看，是個油頭肥肚，商人穿戴的男性。

「不好意思！……嗯？喔喔，這不是教會的人嗎，真是太好了！請問一下，想談葡萄酒稅的話，該找誰商量才好？」

「咦？」

「我聽說主教想改革，所以我們修拉吉街教區的酒旅館兄弟會，希望教會能重新考慮徵收禮

拜用葡萄酒的事。」

男子表情委屈，捧著偌大的肚子低下頭。

「這樣啊……」

「因為葡萄酒入關就要課一次稅，又常因為船沉缺貨，在這情況下還要捐給教堂作禮拜，實在是吃不消啊……啊，這是我們教區的女孩做的糕點和蠟燭，請教會務必收下。」

男子自顧自地說了一大串，並匆匆取下一整包的大袋子塞給我。

看來是因為我穿得像聖職人員，完全被他誤認為教會的人了。

那麼擠滿教堂的這些人，都是為類似的事而來的吧。

「抱、抱歉。我不是教會的人，只是旅途經過……」

「喔喔？啊，這樣啊！那麼那麼，逗留在這鎮上的期間，到我們修拉吉街郊區的旅館住幾天如何？改日會見主教時，再麻煩你向他美言幾句，說我們都是正直虔誠的教徒，請他重新考慮葡萄酒稅一事——喂喂喂，等等啊！」

再待下去，恐怕會被鎮上商人的三寸不爛之舌給捆住。於是我牽起不知在一旁偷笑什麼的繆里，連聲借過地鑽過人群，前往教堂深處。看樣子，是前幾天波及教會的大騷動餘波捲成了更大的漩渦，攪亂鎮上的一切。

以非常精簡的方式說就是，我們為端正教會弊害挺身而出，但是原以為事情在說服主教後就會落幕，話卻說得太早了。教會和管理市政的市議會同樣，都是對鎮上運作影響甚鉅的地方。所有鎮民都得遵從教會的決定，要繳給教會的稅也是五花八門。每當主教心血來潮改變主意，就有一堆人要傷透腦筋。而只要變化能帶來好處，其他人也會爭先恐後地上門爭取。

身為需要對此騷動負部分責任的一方，實在是既慚愧又惶恐，腳都踏不穩了。

不過，只是造成這北地港都的小改變並不夠。

我們真正的目標是端正累積千年之久的教會弊害。日後，勢將造成比這次大幾十、幾百、幾千倍的騷動。

怎能為現在這種小事膽寒呢。

「……神啊，請賜給我力量。」

我以一句默禱激勵自己。

海蘭位居今天這狀況的中心，所以我想她就在教堂的會議室，人潮也似乎往那裡流動。繼續撥開人群前進了一會兒，終於見到了會議室門口。

高大門板敞開的會議室也擠滿了人，有個懷抱一大疊羊皮紙的女傭走出來，低著頭十分抱歉地鑽過為陳情而來，殺氣騰騰的人們。也許是向教會致敬，她用布裹起了頭臉，從中零落的長髮更增添幾分疲憊。

我會那麼注意她，就是那撮頭髮金得很美，且身高略高於一般女性的緣故。

不過一直盯著人看不禮貌，我很快就轉移了視線，接著想起繆里就在身邊，心裡不知怎地涼了一下。

「怎麼啦，大哥哥？」

繆里一邊設法不被人群擠扁一邊問。大概是因為個子矮沒看到她，才會有這種疑惑的表情吧。

「沒事……沒什麼。」

回答後沒多久，我上鉤了似的又往女傭望去。

女傭也注意到我，並在唇前豎起食指，使我閉起不禁張開的嘴。接著，她以細緻得不像女傭的手指往教會深處一比，不等我反應就匆匆往那裡走。

錯愕之餘，我也只得跟上。牽著繆里的手，用力撥開路上每一個人。

直到我們走到四下無人的地方，在通往教堂鐘樓的樓梯口，我才終於追上作女傭打扮的女性。

「受不了。」

她將羊皮紙疊往堆在走廊的木箱一放，解開纏頭布，以手梳整長長的金髮。光是這樣，就讓人覺得她肩膀以上是純正的貴族，真是不可思議。

同時不知為何，那模樣也宛如美豔動人的寡婦。

「真是想不到呢，海蘭殿下。」

一喚她的名，那繼承溫菲爾國王血統的真正貴族海蘭，略顯疲色地笑了笑。

「不這麼做，我根本出不了會議室呢。就算待得再晚，回會館的路上同樣會引來大批鎮民，只好在這過夜了。話說回來，只要扮成這樣就不會被人認出來，感覺也怪複雜的呢。」

到頭來，人還是只會以外表評判他人。我想起自己甚至連泡著溫泉與海蘭問答教義，卻仍沒發現她是為旅行方便而女扮男裝，就連陪笑都不敢。

「嗨，繆里小姐。今天心情怎麼樣？」

繆里似乎是一見到扮成女傭的海蘭就認出了她，臉馬上垮下來。見到這反應，海蘭反而很高興。

「繆里。」

然而失禮之處仍需糾正。我一出聲，繆里就把頭往另一邊甩。

看得海蘭搖肩而笑，說：

「今天我沒帶糖來，這也是沒辦法的事。」

「真是抱歉……」

「感覺就像多了一個年紀差很多的小妹，挺有趣的。話說，你身體沒問題了嗎？」

「託您的福。」

我以臣子禮儀鞠躬，身旁的繆里跟著從底下冷眼望來。

「你該向那位小姐道謝才對，替你看護的人不是我。」

繆里拍拍我的腰，彷彿在附和海蘭。

「而且，該道謝的人是我才對。你不僅守住了我的命，也守住了正義的信仰之火。」

抬起頭，見到的是海蘭的微笑。

貴族不會輕易向人低頭，不過那張笑臉已十足表達她的感謝之情。

「您過獎了……」

「就算最後拯救了全世界，你還是會這麼說吧。」

海蘭咯咯笑道。

「無所謂。我只是以上位者身分表示感謝而已。雖然不算是慶功宴，你們還是陪我吃頓飯吧。昨晚我一直忙到天亮呢。」

海蘭以活像繆里的動作按著肚子說。

「可以請吃肉嗎？」

繆里在這時插嘴了。對人家那麼沒禮貌還敢這麼問，臉皮實在有夠厚。然而海蘭本人表情很開心，我也不好訓話。當然，繆里是明知海蘭不會生氣才問。

「沒問題，我也想吃醃得香噴噴的肉。」

「好耶！」

「才剛吃過早餐耶」這種話，現在說了也沒意義吧。

「那我們從後門出去吧。現在不能找有頂蓋的馬車接送，還請見諒。在路上，我想順便跟你說明一下未來的計畫。你臥床這幾天發生了不少事。」

我來到這個鎮也不是為了欣賞良辰美景。

於是挺直腰桿頷首，海蘭也輕點了頭。

出了教堂後門，巷弄裡靜得不覺正門側的喧囂。儘管幾乎無人通行，卻不顯得淒涼黯淡，閑靜得很舒服。

或許是因為天氣好，加上這臨海城鎮空氣出奇乾燥所致。也可能是因為巷弄兩側的小窗傳來嬰孩哭聲與洒掃聲的緣故。

人們生活的動靜，使這城鎮充滿活力。

「總歸來說，目前情勢相當好。」

海蘭優雅地輕提裙襬，跨過擋路的乾瘦老狗時這麼說。我自己是沒那麼大膽，靠到路邊從尾巴那端跨過去。等到繆里也要跨，老狗才恭敬地讓路。可見對狗而言，身上有狼血統的女孩比貴

族或神的羔羊值得尊敬多了。

「鎮上的大主教閣下原以為放蕩是他的權利，但他已經承諾改進，回歸樸素的生活。雖然他的樸素仍保持大主教地位水準，但已經是很大的讓步。畢竟他原先將每週、每月、每季的禮拜或大賀宴等場合的捐獻挪為私用，要比什一稅要糟糕得多了。」

「我剛進教堂時，有個鎮上教區兄弟會的人，想找我談停徵葡萄酒的事。」

教會聖職人員身上的油水實在太多了。

「是啊，擠進教堂裡的人都是為了那方面的事。這鎮上的某某街教區共有十四個，每個教區的工匠和商人都各自組成公會，也組了幾個兄弟會以求心靈上的平靜。光是這鎮上，這樣的組織少說也有五十個。除了他們之外，為比較個別的利害關係而來的人也是來個沒完，忙得大夥是焦頭爛額。」

即使是紐希拉這般村民都彼此熟識的地方，討論起村中營運方式就已經夠亂的了。

換作阿蒂夫這種頗具規模的城鎮，實在無法想像會有多累人。

「再加上，週邊自治都市的教會或大修道院，聽說人們對教會的憤怒有多麼可怕之後，也紛紛派來使節，詢問他們是不是也該順從民意，又該讓步到何種地步等等。」

人們過去對教會都只敢私下批評，明確的抗議行動卻是少之又少。

這是因為無論怎麼懷疑教會有錯，人們的立場仍不會比教會更正當，又認為就算教會再腐敗也比其他地方好，只好忍氣吞聲。

「同時，還有人來詢問如何購買你參與翻譯的聖經俗文譯本。聖經以只有聖職人員會讀的字寫成，早已累積不少民怨，要教會別再驕縱蠻橫的聲音是如火如荼地擴散。這全是你們的功勞。」

我是能找千百個理由來強調功不在己，但接受海蘭的好意也是種禮貌，我便不再多說，只是靦腆地微笑。

況且，我們的工作並不是就此結束。

「可是從古至今，火這種東西就是得小心掌控。」

取得改革之火就任憑它延燒，恐怕只會導致內亂。而且對方是據點比大商行更多，遍及世界的教會，走一步算一步的打法不會有勝算。

「一點也沒錯。要適時添加燃料，計策風向才行。」

「我們接下來還能幫上您什麼忙呢？」

穿過巷道，我們來到從前阿蒂夫還是個小鎮時的一隅，俗稱老街。我會知道這點，是由於鋪地石板變得明顯古老，以及建築牆上嵌著刻有「阿蒂夫老街」的銅板。銅板磨得閃閃發亮，足以顯見舊時居民的驕傲。

這地方稱作廣場是嫌窄了點，小吃攤販圍繞在小小的井邊，其間有鞋匠正在補鞋，還有幾個住這附近的老人在玩牌。最引人注意的，則是鋪滿一整面屋牆一張張大網。不僅繞了廣場一圈，

還延伸到五層樓大宅的屋頂上。

彷彿要將整座廣場的人一網打盡。

「大哥哥，那是什麼？祭典的裝飾嗎？」

繆里扯扯我的袖角問。

「滿像的耶……上面還掛了些東西。紮成魚形的乾草？」

「好像是祈求春季豐收的祭典。阿蒂夫的漁夫都住在這區。」

解釋同時，海蘭向攤販買了四串烤鯡魚。

一串給我，兩串給繆里。

「在這地方靠吃魚溫飽的人，比吃麥子的人還多，而肚子餓了就打不了仗。對了——」

說到一半，海蘭話鋒一轉。

「你們泳技怎麼樣？」

她露出頗具深意的微笑，再以編貝般的高雅白牙，往烤魚背上輕咬一口。

狂風呼嘯，浪如山高。海水彷彿瀑布似的從甲板灌入陰暗潮濕的船艙，使得食物很快就腐爛，成了老鼠的大餐。船員在搖得分不清上下的船艙根本闔不了眼，吐出的穢物遠比喝的水多，但又無路可逃，只能祈禱。就算能咬牙撐過如此恐懼與煎熬，只要有陣強風把船掀翻，一切就完了。好端端的一個人就要在誰也看不見的汪洋大海上消失無蹤。

同一時刻，港都裡高掛船徽的酒館中，貼了一大張寫有船名與金額的紙。一群穿著氣派的商人，日復一日地對著紙合掌祈禱。紙的上緣，寫了這麼一段字跡潦草的話——

生死有命，富貴在天。

酒館貼這張紙，是為了賭船會不會沉，偶爾有人稱之為「保險」。船主必須押貨物總價一成五至兩成的賭金給莊家，一旦船沉了，就能跟莊家收取貨物總價；假如沒沉，賭金就全歸莊家。換言之，人們認為每出五次船就會沉一艘，而遭到海盜洗劫也視為沉船。

若放眼鎮外，在天空灰濛濛又颳著強風的日子，總能見到沿海村民站在面海的屋頂上眺望，那是在尋找貪心得挑戰白浪的愚蠢商船。只要船因風翻覆，或駛上暗礁而擱淺、沉沒，就能靠漂流物大賺一筆。雖然大商人和領主所議定的法律中明言漂流物歸原物主所有，但也間接造成村民絕不會救人，因為要是救到了不知感恩的物主就麻煩了。想得救的物主會在身上纏些金幣，然而那重量也會增加溺斃的風險。

噢，簡直是人間的地獄，冒險的極致。

願神祝福志在遠洋之人。

「大致就是這麼回事吧。」

來自環海島國溫菲爾的貴族，表情戲謔地舔舐沾上雞腿油脂的手指，而我眼前是一整桌好比晚餐的豐盛餐點。這裡，是天沒亮就要出海，午前就結束一天工作的漁夫所聚集的酒館。

我食不下嚥，不是因為想成為聖職人員就得避免吃肉，全是拜海蘭那些話所賜。

吊掛在天花板的大船模型不知是遭誰惡作劇，多了對雞毛黏成的翅膀。聽了那些故事，我開始覺得那對翅膀深有用意。

「……所以，您是要我們出海嗎？」

我緊張地擠出聲音問，海蘭的嘴咬在雞腿上，抬眼看來。那動作依然優雅，卻也透露強烈的女人味。

「啊，抱歉。我不是故意要嚇人。」

海蘭似乎看出了我的擔憂，用燕麥麵包當盤子放下帶骨雞腿，擦擦嘴說：

「我國四面環海，船員和海上故事比其他地方都多，所以我也很喜歡聽各種航海冒險奇譚。我從小就是這樣被當過船員的老兵嚇大的。」

我試著想像年幼的海蘭在暖爐前裹著被子，入迷地聆聽冒險故事的模樣，不禁露出微笑。不過，海洋依然是個恐怖的地方，更別說是冰冷的酷寒海域了。

「當然我的說法是比較誇張，但在某些情況下還是會……嗯？」

我跟著海蘭的視線望去，只見身旁繆里握碎了麵包，從指縫間零落。

而且嘴巴半開，身體前傾，兩眼圓睜。

然後她呻吟似的說：

「冒……險……！」

要是用食指往那興奮得快撐破的臉頰戳一下，耳朵和尾巴搞不好會咻一聲彈出來。

「不要想得太美好，害妳期待落空就糟了。」

在苦笑的海蘭面前，繆里連忙撿回麵包碎塊，不浪費地放進湯裡當料吃。她的心還有一半是七歲小男孩構成的呢。

「可、可是，船耶？海耶？好嘛，大哥哥！」

「請妳先冷靜點。來，放開麵包再說。」

來到阿蒂夫的路上，繆里也曾為海盜故事興奮得不得了。對一個從小到大都生活在四周被群山環繞的溫泉鄉紐希拉這種野丫頭來說，海上冒險故事的刺激實在太強。

光是鬆開她抓麵包的手指，就費了我好大的勁。

「過程是需要搭船，但不會航行到遠洋去。距離近到從溫菲爾即可眺望那裡的陸地，而且只要海象稍微差一點就不會出船。整趟行程不過半天，是港到港的短程船旅。就算暈船了，睡一覺就要準備下船，不必擔心。」

海蘭的說明讓我安心不少，然而繆里卻是一臉不滿。

「不過也不是完全沒問題。從這裡再往北，跨出阿蒂夫主教區的島嶼地帶是個複雜的海域，甚至任何國家的權威都掌控不了。他們有他們的規矩，對外地人毫不留情。氣候說變就變，而四周看起來能臨時避避風浪的島影，全都是他們現成的陷阱。掌管那一帶的人，用我們的話來稱呼就是……」

海蘭稍微暫停，直視繆里的雙眼說：

「海盜。」

「海盜！……唔嘎！」

繆里突然站起來大叫，被我急忙捂嘴拉了回來。所幸酒館裡坐滿了臉紅得像熟皮的船員，這敏感字眼沒引起任何人的責問。

海蘭笑得很高興，八成是故意逗弄繆里。

算起來，那算是某種貴族的玩笑，不過她說的都是實話吧。

「請問，您是要我們……向海盜傳教嗎？」

我雖有滿腹聖經的知識，但那種知識可擋不了暴力，這點現實我好歹也懂。傳教士一開口布教就讓凶神惡煞乖得像小狗一樣的故事，完全不可信。

「如果你有能與聖人媲美的神聖氣質，或許有機會吧。」

海蘭賊賊地瞇眼一笑。手上舉起的是船員常喝的劣質啤酒。

明。

可是她顯然沒醉。在紐希拉互相問答時，我一次也沒見她醉過，而酒量好也可算是貴族的證

「當然不會請你做那麼胡來的事。我需要你善用你的學識。」

「……什麼意思？」

「嗯。」

海蘭點個頭，往遠處使個眼色，櫃台前的老闆便趕來招呼。看來我們來到這間酒館絕非偶然。

她接著向老闆耳語幾句話，老闆隨即進後場拿個小木匣回來。木匣以奇特的細繩捆住，仔細一看，原來是魚皮搓製而成。

解繩開蓋後，有個黑色物體平躺在滿匣乾麥草之中。

「哇，這是人偶嗎？」

繆里難得雀躍得像個女孩。

然而，當她興高采烈地站起來窺視匣中後，臉上的光彩就全消失了。

「……怎、怎麼有點詭異啊……」

繆里的直率感言和我的相去無幾，讓人笑不出來。

「這是……聖母像？為什麼是這種顏色？」

原以為是烤黑的木雕，但表面有美麗的光澤，且雕工非常精細，可見這已是完成品，也是它應有的模樣。

「材質是黑玉。」

海蘭這麼說，並取出黑色聖母像。

「在採得到泥炭或琥珀的地方，偶爾能發現這種奇妙礦石。」

交到我手上時，我還以為自己沒接穩。

它就是那麼地輕，與外觀印象完全不同。

「有人猜測它可能是琥珀或煤的另一種型態。摩擦一會兒後，它會像琥珀一樣吸起沙粒或羊毛，可是火烤起來卻不會像琥珀一樣熔化，但是會燃燒。氣味介於泥炭和煤中間吧，對我而言是種會想起家鄉的味道。」

溫菲爾王國盛產泥炭與煤礦。紐希拉木材豐富，基本上不用泥炭，也採不到，但旅行時常會買來當生火器材。

我將黑玉交給繆里，而她也為那重量與雕工驚嘆。

「不時有人將它磨圓，謊稱黑珍珠騙錢。它雖然稀少，但並不珍貴，沒什麼商業價值可言。」

這就是以如此黑玉雕成的聖母像。

繆里交還給海蘭，她跟著收回匣中。

「然後呢，有一個地方會用黑玉雕成聖母像，虔誠地供奉。」

「就是那個北方的島嶼地區嗎？」

具有嚴酷自然環境，受海盜掌控的地區。

「如二位所見，這聖母像十分精緻。可是他們自古就敵視大陸政權，對於根基在大陸這邊的教會勢力，說好聽點是保持不近不遠的距離。過去，教會曾多方嘗試將他們納入勢力範圍，可是以武力屈服實在太花錢，最後只好作罷。」

以魚皮繩捆匝的黑色聖母像，怎麼看都像是異教之物。

被視為崇拜魔法的教派也不令人意外。

「所以——」

海蘭繼續說：

「我想請你們幫我探一探，這地區的信徒是否有可能加入我方陣營。」

我回視海蘭的眼，見到的不是身分不同但仍是朋友的親切眼神，而是上位者的銳利目光。

「雖然教會屢屢懷疑他們是異端，不過他們的信仰或許很純正。又說不定，他們供奉這麼精緻的聖母像是為了掩飾異教徒身分，以免遭受正式討伐。經過直接接觸，你們應該能判別他們究竟是不是異教徒吧。」

「這——」

「喔不，我改個口。我會把你們的判斷視為重要參考。」

海蘭最後的笑容，是要我別再推辭。

就現狀而言，戰友是絕不嫌多。但若不慎引入可疑宗教集團，反而是幫教會製造攻擊機會，溫菲爾王國的大義也會遭人質疑。然而，我也能感到不是講些大道理就能請她重新考慮。畢竟她改用「會視為重要參考」作了保留。

當然，平民向貴族伏首屈從乃是世間常理，而我與海蘭並不對等，本來就不是能同桌用餐的關係。

可是，能對王直言不諱的就只有弄臣或聖職人員而已。

面對笑容不減的海蘭，那股衝動不斷勾引著我。

但到頭來，我還是沒有多問。

「好吧。我會以自己的學識與信仰為鏡，看清他們究竟是不是異教徒。」

海蘭保持微笑地注視我一會兒，滿足地點點頭。

接著，視線忽然移向身旁的繆里。

「那麼，這位小姐想說些什麼呢？」

海蘭這時的微笑，明顯含有私交性的親暱。

「大哥哥真沒用。」

繆里大口嚼碎雞腿軟骨說：

「真不想看到大哥哥被當工具使喚的樣子。」

轉頭看繆里，繆里也直瞪回來。

看似不知煩惱為何物，整天只想著惡作劇和吃飯的她，其實不是普通的聰明。她母親可是甚至被人當神來崇拜的賢狼，父親則是北方地區業界知名的旅行商人英傑。

繆里繼承了他們的血，自然也有一雙慧眼，不能因為年紀小就輕視她。她一眼就看穿，我把該問的問題吞下了肚。

只是佩服她聰明的同時，我也感嘆她果然只是個孩子。

「我沒對海蘭殿下多問，不是因為害怕權威。」

「不然是怎樣？」

「因為我信任她。」

繆里略感訝異地睜圓了眼，隨後眉頭大皺。

「繆里小姐，妳的哥哥並不是妳想像的小綿羊喔？」

「……咦～？」

真的嗎？繆里滿眼懷疑地往海蘭看。

「他相信，只要交出適切的報告，我就會做出適切的決定，而我不能辜負他的期許。他也很明白，我是多麼認真看待自己的職責。」

所以一切盡在不言中。海蘭最後補上這一句時，不知為何表情很愉快。
而平時人小鬼大的繆里，卻是一副聽了陌生語言的臉。
那麼她會就此默默接受嗎？當然不會。
「那種想法不好喔。大哥哥真的什麼都不懂，妳遲早會被他蠢死。」
「繆里。」
即使要她少貧嘴，她也只是瞪我。
繆里曾經指著我鼻子說，我只認識這世界一半的一半。
這世界男女各半，而我完全不懂女人，所以先砍一半；而人心有善意與惡意，我完全不會提防惡意，所以再砍一半。我想繆里多半是認為只要少了她，我這作哥哥的就會立刻失足落進無底深淵吧。
「你們真是好搭檔。」
海蘭瞇著眼，以甚至略顯欣羨的表情這麼說。
「所以，我可以放心交給你們去辦。」
若是不知情的人見到她又喝一口啤酒，或許會說她是借酒壯了膽才交託任務吧。
海蘭接下來說的話就是足以勾起這種疑慮。
「自從教會將我溫菲爾王國視為有待討伐的仇敵時，大陸與王國之間的海峽就成了極為重要的戰略地點。」

話題忽然抽離信仰，飄起血腥。

這就是海蘭說「會視為重要參考」的言外之意。

「條件對我們有利得多。由於教宗的私有船隊寥寥無幾，應該會向沿海國家徵船打仗。所以我們要在大陸靠海峽這邊盡量多拉攏些盟友，也因此來到了這港都阿蒂夫。」

海蘭喝口酒，輕輕放回桌上。

「開戰以後，我那島國的物資進出就會出問題。小麥的輸入會就此停頓，更別奢望有葡萄酒能喝了。那麼你猜，接下來是哪種糧食會斷？」

聚集在這酒館的都是些什麼人呢？

我不禁往桌上那鍋漂著肉塊的湯看。

「是魚吧。」

「沒錯。鯡魚等北方漁獲通道，有不少是捏在占據北方島嶼地區的海盜手裡。只要能拉攏他們加入我方，就能確保糧食來源；若與他們為敵，狀況就相反了。」

這世界的勢力版圖錯綜複雜。

不是快刀斬亂麻就能一口氣理清。

「而且他們精於航海，我們能否握有制海權，甚至得視他們而定。可是——」

海蘭說道：

「我們的大義是在於正確的信仰。無論他們在戰略上如何重要，我們也不能招收信仰有問題的人作盟友。把腐魚和鮮魚放進同一個桶子，鮮魚很快就會一起腐敗。」

別人說這話還不一定能信，但出自海蘭之口就不一樣了。

可是，海蘭忽然放鬆表情，頰上浮現自嘲的笑。

「話雖如此，我還是衷心期盼他們不是腐魚……即使不太確定，徹底烤熟以後還是能吃。況且，我的夥伴都餓壞了。」

無論海蘭再慎重，領軍的也不只是她一個。包含溫菲爾國王在內，其他貴族都可能選擇苟且路線。

屆時掌握多少正確資訊，將關係到海蘭能堅持立場到什麼時候。我就是為此而成為她的耳目。

責任雖重，但意義非凡。

再說，我也單純對認識自己不懂的信仰很感興趣。

這麼一來，該問的就只有一件事。

「請問何時啟程？」

海蘭喝口啤酒說：

「希望二位明天就走。」

既然海蘭是信任我才交託這項任務，我當然不能讓她失望。

而且，我對黑聖母信仰的判斷甚至會影響大局。若為一時近利而急於拉攏海盜，恐怕會給日後留下巨大禍根。只能祈禱他們只是酷似異端，實際上卻是符合我等大義的一群人了。

海蘭這麼器重我的見識，我實在是憂喜參半啊。

她的「明天就走」似乎不是玩笑話，說完就開始打點派船事宜。趕是很趕，不過留在這鎮上能做的顯然也只有事務性工作。海蘭曾說，我們來到這鎮上才著手的聖經俗文譯本計畫，如今草稿已經送給溫菲爾王國本土的大學者們評斷，要花一點時間才能收到答覆。

那麼，既然有地方能讓用上我的知識，我自然一刻也不想在這多待。老實說，北海是我完全陌生的領域，心裡充滿惶恐，但應該也是增廣見聞的絕佳機會。作我誓言做足萬全準備的對象，並無不足。

「大哥哥，我問你喔。」

繆里傻呼呼的聲音打斷我的思緒，拉扯我衣襬問：

「這件皮草腹圍和這件鞣皮腹圍，哪件比較可愛呀？」

飯後告別海蘭，我便帶著繆里來到阿蒂夫市場。憑我們現在的禦寒裝備，絕對抵擋不了北海的酷寒風雪。所幸這裡有不少遠航船隻，各國人士在此匯聚，鎮上買得到各式各樣的服飾。

然而方便歸方便，服飾店一多，被繆里拖著到處跑也就更累了。更糟的是每到一間店，繆里就把整排衣服一件一件拿起來，「這件怎麼樣？那件怎麼樣？這樣好不好看？」地問個沒完。

不過我就是沒興趣，只會淡淡這麼回答：

「挑便宜又保暖的就好。」

而每一次，繆里也都很配合地擺出自討沒趣的臉，而這次終於有了變化。

「那我換個方式問。大哥哥比較喜歡哪邊？」

伴隨的不是可愛笑靨，而是一雙瞪人的眼。

假如她是想穿心上人喜歡的衣服來多少吸引我的注意，的確是可愛得令人莞爾，可惜繆里的偽裝每次都功虧一簣。渾身年輕活力的孩子總是性急。

「……知道了啦……便宜又保暖的是吧，知道了啦。」

我要繆里別再齜牙咧嘴，嘆著氣比較兩條腹圍，指了毛多的那條。

那似乎是以鹿之類的毛皮製成，摸起來不怎麼鬆軟，很有韌性，感覺很適合繆里。

繆里盯著我指的那件一會兒，也嘆口氣說：

「大哥哥真沒挑衣服的眼光。」

要我選還說這種話——我把這句話硬吞了回去。

「可是既然是大哥哥選的，就買這件吧。」

繆里忽展笑顏，高興地緊抱腹圍。

那模樣讓我心裡有點刺痛，自問：「早知她這麼開心，是不是該認真點挑呢？」但無論如何，我都無法接受她的感情。這樣就行了。

「唉……再來還要買手套、毛帽，還有懷爐的袋子……」

得添購的物品不勝枚舉。雖然是海蘭出的錢，不過每次花用這地區通用的太陽銀幣，我心中都有一點近似罪惡感的感覺。

節制與儉約，這陣子離我好遠。

得注意一點才行。這麼想時，繆里忽然正經地問：

「還要買劍跟盾吧？」

看來海盜這字眼已經讓她的小腦袋上演了各種冒險故事。

「沒必要。」

「咦～」

付完錢，繆里失望地收下毛皮大衣，並隨即捲起來用繩子捆好背上，手腳俐落得現在就能上商行當個稱職的小伙計，但嘴裡全是不切實際的妄想。一想到只要她態度認真點，肯定能成為名

震天下的好姑娘，我就忍不住嘆氣。

「海盜不是會從目標的船側邊撞上去，然後銜著短劍吼叫著搶船嗎？」

繆里不只是說，還真的銜了把短劍般把手放在嘴邊大力敲響牙齒。會覺得蠢，並不只是因為那動作怎麼看都只是在啃串燒。

「嘴裡銜著短劍，不就叫不出來了嗎？」

「……咦？對、對喔？」

她整個人都傻了。

「行了，別把那些無憑無據的海盜故事全部當真，先認真想想怎麼對付眼前的酷寒吧。」

愛打扮的繆里平常就穿得夠少了，又瘦巴巴地沒什麼肉。即使有條尾巴能暖暖手，也不能一天到晚晾在外面。

要到據說冰雨下個沒完，連海面都會結冰的地方，恐怕是穿得再厚也有不夠的時候。

「放心啦，紐希拉也是雪山呀。」

「紐希拉不會颳大風。海風的冷，會刺到骨子裡去啊。」

況且，在紐希拉的夜晚要是冷得受不了，直接跳進溫泉裡就行了。

繆里聽了沉默片刻，直盯我瞧。

「怎麼啦？」

「大哥哥去過那麼冷的海域嗎？」

眼中雖有點懷疑的色彩，但語氣卻帶著驚訝。又說不定，她其實是想說「不公平」。

「去過啊。我曾經在寒冬時節搭船去溫菲爾王國，真是快冷死我了。」

「咦～！什麼時候的事！」

「那時候我才剛認識妳父母親……已經很多年了。」

繆里的母親赫蘿不畏風寒，在甲板上飽覽各種稀奇景色。而當時還是個毛頭小鬼的我很怕坐船，抓著繆里的父親羅倫斯直發抖。這部分還是先保密好了。

「在旅行上，我的經驗顯然比妳多很多。所以要乖乖聽話，知道嗎？」

對於繆里這種個性的女孩，經驗談的說服力遠比道理高得多。

她雖然還不太服氣，最後還是勉強點了頭。

再繼續買齊一大堆旅行用品，返回商行會館後，我們立刻整理所有禦寒物品和保久糧。由於明天真的可能天沒亮就突然要我們出發，拖拖拉拉總是不好。

待一切整理完畢，太陽業已半沉。

「累死……我了……」

最後，繆里在行囊繫好捲成長條的被子，軟趴趴地倒在床上。

「好大一包。」

堆放在房間角落的全套行囊讓繆里背起來，說不定比她的人還要大。

想像那副拙樣，使我不禁發笑。

「簡直就像——」

「就像要來一場大冒險呢！」

繆里猛然跳起來，笑呵呵地盤腿坐在床上。那反應實在太適合她，害我覺得訓她沒坐相都覺得不識趣，真傷腦筋。

「大冒險啊……是大冒險沒錯啦。」

張羅旅途用品應也讓這野丫頭累得頭昏眼花，可是她一見到那一大包就亢奮地傻笑起來，而我卻只能嘆息。

「大哥哥，你怎麼了？肚子餓啊？」

「……」

不知道那是開玩笑還是認真的。從表情來看，應該是認真的吧。

「唉……真是的，才不是呢。」

我手按著房間桌上的皮面聖經說：

「這趟北海之行前途難料，冬天又還沒結束，一旦出事了……」

恐怕是求救無門。儘管旅行總是伴隨危險，但我們的目的地環境惡劣是明擺在眼前。按在聖經皮封面的手掌漸感暖意，讓我相信它隨時都能賜給我力量。而且不枉我費盡心力，將裡頭的艱澀教會文字譯成俗文，能感到自己的信仰更加深了一層。

我的信仰是千真萬確，神必然會照亮我的路途。

然而，心中的憂慮並沒有這麼容易散盡。

「大哥哥。」

聲音從正後方傳來。

「不用怕啦。」

轉過身，見到一如往常的繆里，一如往常地露出不畏艱難的笑。

「妳總是這麼樂觀。」

「大哥哥才總是太悲觀咧。很容易老喔？」

男人在這年紀有副年輕長相可不是好事，那樣正合我意。

再說，妳以為我這麼擔心是為了誰啊。我投出這樣的眼光，結果繆里咧起嘴嘻嘻笑。

「就說不用怕嘛。」

接著靈巧地順著我身體繞轉到背後一跳，坐在桌上說：

「要是大哥哥掉進海裡，我也一定會救你的啦。」

繆里擺明是知道我在擔心什麼才這麼說。就算我在這千叮萬囑，她也只會把手指往耳朵一

塞，裝作什麼也聽不見吧。

天啊，怎麼想都安不下心。要是繆里有個三長兩短，該怎麼跟在紐希拉等女兒回家的羅倫斯與赫蘿交代才好？

我是否該狠心把她留下，哪怕她會恨我一輩子？這麼想時，繆里忽然對我柔柔一笑，表情與有賢狼之稱的母親赫蘿一模一樣。

「是啦，或許真的出事就沒得救，但有件事我可以保證。」

並向我胸口伸出手，唱詩似的說：

「就算大哥哥跌進黑暗冰冷的海裡，我也絕對會跟著跳下去，不會讓你一個人死。只要能陪在大哥哥身邊，要永遠待在海底我也甘願。」

繆里愛死了英雄和戀愛故事，分不清虛實的界線，無時無刻都認為自己會是故事的主角。只有說完時的害臊靦腆，勉強算是她有所成長的跡證吧。

食指還抵在她身旁的聖經皮面上又轉又摳，像是遮羞。

「繆、繆里，這樣會摳傷書皮啦！」

我急忙制止，而繆里已經完全恢復原來的神氣樣。

「哼，這麼寶貝這本書做什麼？就算書裡有神，在你落海的時候也一定會裝睡到底啦，但我就不一樣了。」

最後往封面一拍，臉用力湊過來，堆起滿面笑容。

「這樣子，大哥哥就知道要選我了吧？」

這理論粗糙得像柴刀劈過一樣。

繆里向來是兩眼緊盯目標，全速衝上前去再使盡全力緊咬不放。雖有點難為情，但不會猶豫，直得像穿過厚厚雲層探照地面的陽光。那是繆里的魅力所在，也經常招來好結果。

然而她年紀也不小了，要知道做事不顧後果並非勇敢之舉，就只是幼稚。把我當異性喜歡，也只是打從出生就跟著我跑，在我身邊會特別安心。而我話訓得再多，到頭來還是很容易對她心軟，最後就導致那種想法了吧。

「要我說的話嘛……」

我往坐在桌上的繆里臉頰伸手，她跟著閉起一眼，縮了縮頭。

「我有義務把妳完好無缺地送回紐希拉，所以請妳也把自己的人身安全擺第一。要是妳出事，我就再也沒臉見羅倫斯先生和赫蘿小姐了。」

臉頰被我輕輕一捏，繆里另一眼也閉起來，兩條腿交互甩動。

可是，她沒有答覆。

「回答呢？」

聽我又問一次，繆里睜開眼睛看我。眼神成熟得出奇，使我一時失措。雖能感到她有嚴肅的

話想說，但最後還是放棄了。

野丫頭再度閉上眼說：

「好～」

散漫的回答，使我有些錯愕。

難道那是錯覺嗎？我納悶地盯著繆里臉瞧，而她肚子剛好叫了起來。

「肚子餓了。」

笑著這麼說時，方才的氛圍已蕩然無存。

「大哥哥，到小島上就幾乎吃不到肉了吧？那我今天想多吃一點。」

繆里跳下桌子，像平常一樣纏上來討東西吃，和小狗差不多。

「……今天中午已經跟海蘭殿下吃了很多肉，早上也吃了肉乾，昨天不也吃了一些烤肉嗎？」

「你很囉唆耶……」

她不平地這麼說，抓起風衣披上肩就跑到門邊。

「快點啦，大哥哥！」

接著用右手開門，左手朝我筆直伸來。相信我肯定會牽起那隻手的笑臉，使我也忍不住笑了。

認命地牽上去之後，她也緊緊地握回來。

結果，我還是覺得這樣的關係很愉快，不認為它會輕易改變。

更沒必要刻意改變。

看著繆里純真地在夜市裡打轉，我真的好希望她每天都能過得平安快樂。

第二幕

我們要搭的船比想像中氣派很多。一問之下，才知道這艘船大到假如人甘願像羊群那樣擠，甚至能容納上百人之多。

不過這艘船並不是專程載我們，也不是德堡商行的船。據說德堡商行通行島嶼地區的船正在回程上，若是等他們上下貨就會多浪費好幾天，所以請其他商行的船送我們一程。

另外，我們此行是為了達成溫菲爾王國的政治目的，假如消息走漏，恐怕會被掌管北海的海盜盯上，或惹來不必要的誤會，所以沒有告知船主真正目的。只說自己是接受某貴族的命令，為尋找適合建設修道院的土地而到處旅行的聖職人員。

可能是顧慮到說謊會違背神的教誨，海蘭也說她有個貴族親戚是真的有意建設修道院。北方地區的島嶼大多是無人島，且全是一片荒蕪，不會有人懷疑。在談論修道院時也方便打聽黑聖母，也有一石二鳥之效。

我們的目的地是島嶼地區中最大的島上一個叫凱森的港都。航程約為二至三天，途中會經過許多小島。

關於北方島嶼的詳細情形，我得在第一個靠港的島詢問德堡商行會館裡的商人。

總之我要做的就只是在不引起海盜注意的情況下，探訪他們信仰生活的真實面貌而已。是否與其結盟等政治判斷與我無關，且就算他們的信仰真是異端，溫菲爾王國也不會要他們改宗。
出航之際，海蘭透過使者轉告這些話，令人多安了點心。
我只是她眾多部下之一，她不可能在百忙之中特地送我出航。
光是派遣使者，找個頗具規模的商船讓我們搭，已能感受到她的心意，使我再一次打定要盡我所能的決心。
「那麼，我們將在彼岸善盡耳目之職，告辭了。」
與使者鄭重握手告別後，我們就走過登船板上了船。阿蒂夫這港都仍是那麼地喧囂，天空晴朗如畫，且風平浪靜，表示這段航程將會相當安穩。
「大哥哥，我占好地方嘍。」
我剛上甲板，繆里就淘氣地從船上貨物間探出頭來。她早穿起我在市場替她挑的那件以實用性為重的鹿毛腹圍，脖子上圍著溫菲爾王國產的羊毛圍巾。再加上附兜帽的亞麻布風衣，有萬全防寒準備。造型不可愛讓她有些牢騷，但那也有別人不容易看出她性別的優點。一個到處旅行尋找修道院建地的聖職人員身邊卻帶了個年幼女孩，傳出去總是不太好聽。
「不需要占位置啦……咦，這裡？」
繆里是在船尾側堆成小山的鞣皮邊等我。
「不下去船艙嗎，甲板很冷耶？」

在藍天底下感覺是比較開闊，緊湊地堆積在甲板的貨物也能多少擋些風，可是我還是想找面牆。這裡絕對比較冷。

結果繆里手叉著腰，不敢置信地歪頭嘆息。

「啊～天吶。不懂船的人就是就這樣。」

「咦？」

「船艙不只是又暗又濕，還是老鼠啊跳蚤、虱子跟蒼蠅的巢穴耶！」

印象中，我以前搭的船應該沒那麼糟，不過繆里在這港都阿蒂夫替商行幹過幾天活，其中也曾上船卸貨，不能等閒視之。

「嗯……那好吧。要是冷到受不了，我們再下去。」

繆里只是聳聳肩。

再過沒多久，船終於上完了貨。船員拆除登船板，解開繫繩起錨。在船上工作的人約有五個，其他還有三、四名乘客，據說全是商人。

「大哥哥，你看下面。」

靠在船沿護欄上的繆里指著海面說。我也探出頭查看，正好見到幾枝長長的槳如禽鳥翼骨般向外伸出，一邊兩枝，所以是用四枝槳來划吧。

「這是因為沒風，靠帆駛不出港。等到出海上了洋流，船員只要睡覺就能到北方了。」

那多半是她打工時聽來的吧。為繆里得意地賣弄小知識苦笑之餘，我背倚護欄仰望天空，看向蓄勢待發的大帆，而前後共有兩條船桅。

船幅約有全長的一半，給人矮胖的印象，是艘典型商船。乘員不多，空間都用來堆積高高的貨物。聽說從北海出發時，載的多是漁獲、琥珀或鐵等礦石，歸返時則是滿載小麥、葡萄酒、肉乾等糧食，乃至於金屬器或木器，又或者是我們周圍這些堆得比人高的皮革製品。

港邊還停有許多更大的船，不過這些貨就足以塞滿一整個小鎮的市場了吧。對於兒時曾跟隨旅行商人四海為家的我而言，見到船運規模全然是不同層次，實在感慨萬千。

船逐漸離港，等到穿過用來抵禦海上侵犯的巨大鎖鏈駛進河道，就開始有船旅的感覺了。

「對了繆里，妳不會暈船嗎？」

事前聽商人說過，想避免暈船就盡量別在船上站立，多看遠處或乾脆倒頭就睡，再怎麼樣也不能盯著腳邊看。

也就是說，現在跪在船邊探頭出去，眼睛跟著下方船槳打轉的繆里，違反了上面每一點。

「沒事沒事。大哥哥你看，有好多魚耶！好想拿魚叉跳下去喔～」

要是尾巴擺在外頭，肯定是搖個不停。為老樣子的繆里無奈望天時，發現有幾隻海鳥可能把我們當成漁船，歐——歐——叫著飛過來。

船很快就駛出搭建於河口處的港口，船員繼續搖槳，向近海前進。感到風撫過臉頰時，划槳

聲也在不覺之中停歇了。幾個汗涔涔的男子從船艙上來，操作帆桁與升帆索，將其繃得又直又挺。

帆立刻兜滿了風，船徐徐改變方向，向北航行。

「大哥哥大哥哥，我們終於到海上了耶，好棒喔！」

繆里兜帽下的眼睛閃閃發光。她自幼在深山村落長大，海上大大小小的事對她來說都非常稀奇吧。更何況她的好奇心本來就比別人強一倍，就連迎面而來的海風也毫不浪費，細細品嘗她第一次海上船旅。

見到她這模樣，我開始覺得帶她同行其實也沒那麼糟。畢竟到頭來，讓她過幸福日子才是最重要的事。

今天天氣好，風又不強，海鳥悠悠的叫聲配上船隻的緩慢搖晃，宛如白天就喝得醉醺醺的慵懶假日。我原本打算利用航行時間，深加思考幾個翻譯聖經時覺得不夠到位的抽象語詞，但不一會兒瞌睡蟲就來了。即使以為自己大白天就在泡紐希拉的溫泉又發現是作夢，我還是抵抗不了這股舒暢。

就這麼恍恍惚惚了一會兒，一陣粗魯的衣物摩擦聲使我清醒。

「嗯……繆里？」

向旁一看，原來是繆里抱腿蹲坐下來。她雖閉著眼睛，臉上卻沒有睡意，喉嚨還不時嚥下些什麼似的抽動。

船悠悠蕩蕩，慢慢地左搖右晃。

繆里察覺我的視線，以半夜聽見怪異聲響的眼神看過來。

「繆里，妳的臉色……」

說到這裡，繆里突然跑到船邊把頭伸出去。我什麼都還來不及問，她的背霎時一鼓，跟著就是一陣嘔吐。看來她也不是那麼百毒不侵的無敵女孩。

但我心中有股莫名的欣慰，替她可憐而起身拍拍她的背時，忍不住笑了出來。

「誰教妳都不聽話。」

我把握時機挖苦她一句，面色鐵青的繆里怨恨地瞪來，但那股狠勁也馬上就被隨後的嘔意沖散了。

她繼續嗚咽呻吟，時不時地吐了幾次之後，症狀才稍微穩定了些。我依照德堡商行的商人事前教的方法，拿皮水壺給她漱漱口，取下腹圍當墊子，盡可能解開圍巾等纏住身體的東西，最後讓她平躺在甲板上，應該會好過一點。

躺下來的繆里臉色差得嚇人，且呼吸短促。儘管如此，讓她枕上我的大腿之後，她仍摸索出我的手，緊緊握住。雖然平時老愛笑我蠢，很不給面子，但多少還算有點可愛之處。

聽說暈船死不了人，所以我不怎麼擔心，忍不住想趁這時候還以顏色。

「像妳這個樣子，出事的時候可幫不了我喔？」

繆里痛苦緊閉的眼睛張開一條縫，唇也懊悔地噘起。在這種情況下還能偷捏我手背一把，真有她的。

「大哥哥……你好壞喔……」

「是啊是啊。」

我隨口應聲，摸摸她的頭。她似乎是認為這種情況下再怎麼掙扎也說不過我，很快就閉起了眼。要是平常有現在一半乖就好嘍。就在我微笑著這麼想，低頭看她時——

「……大哥哥。」

「怎樣？」

「我要吐了。」

「咦！妳、妳再忍一下，一下下就好！」

繆里沒理會慌張的我，側翻平躺的身子，而且偏偏轉向了我。胃似乎翻騰得很厲害，蜷曲的背大幅抖動了好幾次，看得我臉也綠了。

當我好不容易抓著細瘦的肩膀推開她，想儘快扶到護欄邊時……我終於發現了。

「……嘿嘿。」

雖然表情依然難受，但繆里仍擠出得逞的笑容。

在惡作劇和使壞上，我還是比不過她。

「真是的……」

我安心又頭疼地嘆息後，繆里又平躺下來。頭當然是枕在我腿上，抓著的手也沒放開。儘管臉色已難看到變成蠟白，緊繃的嘴仍有些許笑意。

我生不起氣，反而讚嘆起她的堅強。

「我認輸。」

繆里聽了輕笑起來，吐口長一點的氣。身體似乎不再緊繃，呼吸也趨於平緩。

看來暈船最好的療法，果真是趕快睡著。

我再摸摸這頑皮小妹的腦袋瓜，道一聲晚安。

船駛過了好幾座小島和岩礁，但遲遲看不見可以停泊的島。難以掌握行程的旅行特別勞心，在不熟悉的汪洋上更是煎熬。

閒來無事的我，開始幫醒了又睡的繆里整理睡亂的毛織衣物。一不注意，天都要黑了。直到風冷得難受，海浪聲也完全變成噪音時，終於出現一個較大島影。當船顯然往島影駛去，我才總算鬆了口氣。那就是德堡商行設了會館的島嶼吧。

「繆里。」

我輕搖那瘦小的肩，繆里隨即醒來，迷濛地看著我。

「快要靠港了，準備下船喔。」

她視線是對著我，可是渙散得不知有無意識。

「還很不舒服嗎？」

繆里沒說話，虛弱地看了我片刻，最後閉上眼用力點個頭。

像個脆弱幼小的孩子。

「也就是沒事了吧。」

輕拍幾下她的頭，她跟著從喉嚨深處低吼起來。

「行李這麼多，我可沒法背妳下船，自己準備吧。」

既然有辦法假裝發脾氣，表示她已經恢復得差不多了。不知是自知被我看穿，還是想起自己人在冒險途中，到頭來還是放棄撒嬌，起身收拾。不過她總歸不是最佳狀況，我便將毛毯等雜物捆在自己的行李上。

「下船的時候，小心別摔進海裡喔。」

我不是開玩笑。繆里臭著臉拍拍我的腰。

等船距離近到能看清港邊船上忙著幹活的船員面孔，我們的船員也迅速確實地收疊船帆。引水人站在船頭，給船尾的舵手下指示。船流順地漂過海面，平安靠港。

登船板一架好，一群貨運工就鬧哄哄地湧上甲板，船員們和商人開始談生意。

我不太確定該不該現在下船，可是待在甲板也頗為礙事，最後還是牽起繆里的手快快下船了。登船板不像阿蒂夫那麼牢靠，讓人捏把冷汗。好不容易踏上睽違半天的陸地後，有種解脫的感覺。

「好，今晚也要繼續給德堡商行照顧了……」

我重新背妥行囊，發現繆里不知是中了起身暈眩還是貧血，只是站著發呆，便靠近查看。而她注視著島上景色喃喃地說：

「……原來也有這麼冷清的港口。」

海鳥在天上吱吱喳喳地盤旋，人擠得水洩不通，野狗野貓鑽過縫隙偷魚吃……等混亂畫面，這裡全都沒有。雖然這裡也有幾艘大型船隻停泊，但除了船上工作的人之外沒有其他人影，周圍大型屋舍寥寥可數，且幾乎都不想和人接觸般圍在牆內。

更糟的是，遍布於那些屋舍後方的小山禿得一棵樹也沒有。若是一片白皚皚的雪景倒還不錯，但東一團西一塊的殘雪反而更添寂寥。港邊的寬闊海岸也散落著白得像骸骨的漂流木，讓這地方看起來是加倍地陰沉。

同船的商人沒有一個多說半句話，全都彎腰駝背地走向應是今晚住處的建築。沒人想在這種地方談天說笑吧。

紐希拉雖是位居深山，卻充滿了歌舞與歡笑。對於在那裡長大的女孩而言，此處恐怕是荒涼得難以置信。

「還有我陪妳嘛。」

我用戴鹿皮手套的手牽起繆里。兜帽與羊毛圍巾的縫隙間，一雙美麗的眼睛盯著我瞧。

「大哥哥偶爾也會有哥哥的樣子嘛。」

然後這麼說，開心地用肩膀頂我一下。

「然後呢，今天住哪裡？」

「我正要開始找，這裡應該迷不了路吧。」

「好想趕快在暖爐邊烤火喔！」

天開始黑了的海邊真的是冷得可怕。我和繆里就此並肩離開無人的冷清港口。

港邊建築不多，我們很快就找到德堡商行的會館。阿蒂夫的會館蓋得威風凜凜，這裡的卻像是只求在呼嘯狂風中捱過這個冬天。高掛的旗幟也在寒風中無力飄晃，彷彿放棄了一切抵抗。

我敲敲厚得像用來抵擋暴風雨的門扉，不一會兒就有個大鬍子大肚腩的商人前來應門。

「喔，真是稀客。您是旅行途中的修士嗎？」

「您好，我要到北方的島嶼辦點事。這是阿蒂夫會館史帝芬先生的介紹函。」

當然，那是海蘭替我向史帝芬先生討來的。

「喔？」

商人瞇著眼接下介紹函，圓胖的身軀向旁讓開。

「外頭很冷吧，有話先進來再說。」

「打擾了。」

一進門就是挑高的寬敞房間，不過地面卻與門外一樣是踏實的裸土，擺在土地上的桌椅數量就只是堪用，少得和房間空間不成比例。遠處牆上垂掛這地區的地圖與商行徽旗，勉強調和會館的清閒氣氛與沁入屋內的冷空氣。

「請在爐邊稍坐一會兒，我去準備點飲料。」

商人所指之物還真的是只能用爐形容，就擺在房間正中央。矮胖的金屬爐有個穿過天花板的煙囪，弱小的火光在添柴口閃動。

「柴……都是從海邊撿來的吧。」

爐邊擺了些岸邊見過的漂流木。繆里可能是想像了商人在灰濛濛的天空下，浪可破冰的海岸邊，發著抖彎腰撿拾漂流木的情境吧。在這島上，撿柴或許是形同懲罰的辛苦工作。

「有火就別浪費，把行李放旁邊烤乾吧。」

會館似乎沒有其他人，靜悄悄的。我們只是在爐邊放下行李，風衣仍穿在身上。這裡的屋簷和牆壁只能擋風，溫度和室外幾乎無異。

從一旁桌邊借張椅子來坐時，發現可能是海風濕鹹的影響，摸起來軟得詭異。無論這地方該稱作房間還是土間（註：屋內未鋪設木板或地磚的土地區域），由於寬敞得火光無法遍布，到處是陰暗的角落，令人不覺陰鬱。對來自熱鬧溫泉鄉的少女而言，或許特別難受。

於是我轉頭看看身旁，見到繆里拿起一條深山裡看不到的漂流木，轉來轉去仔細端詳。

「繆里？」

因這一喚而轉過來的眼睛裡，充滿了燦爛光輝。

「好像來到世界邊緣的旅館一樣耶，好刺激喔！」

「……」

雖然在船上吐得臉都消瘦了，心卻似乎早一步打滿了氣。

繆里這份懂得及時行樂的青春活力，比爐火還要溫暖。

「真抱歉，我沒想到會有客人上門，都沒整理。」

不久，請我們進門的商人端著冒白煙的錫杯回來。接下一看，杯裡是加了蜂蜜的羊奶，可能是這一帶的家常飲品。繆里剛吐了那麼慘，現在喝羊奶不知道好不好受。結果她像是鼻涕被蒸氣融化，一邊吸著鼻子一邊開心地喝香甜的羊奶。

「這會館還滿大的嘛，平常會比較熱鬧嗎？」

「是啊。現在是冬天的漁貨捕撈期剛告一段落才這樣，前一陣子，這大廳還滿滿都是鯡魚桶、買家跟搬運工，連睡覺的地方都沒有呢。而且每天商船走了又來，熱鬧得不得了。」

話雖如此，這大廳並沒有什麼魚腥味，感覺像在介紹破敗古城的往日風光。

「接下來這一季裡，也會有很多人趁著春季暴風雨出海賺錢呢。」

我也喝一口羊奶，發現它甜到牙齒都快融了，不過正適合這個又冷又暗的地方。

「趁風雨？」

「重點也不是風雨，而是它帶來的各種東西。有時會沖來一些長角的海獸，或是把大鱘魚打到岸上，東西多得很。」

長角的海獸這幾個字聽得繆里目瞪口呆。可能是聽起來太虛幻，以為是某種比喻吧。

可是，我曾實際見過那種海獸。據說角上具有長生不死的力量，有些人拿來當靈藥使用，非常珍貴。海裡到處是陸地上無法想像的奇妙生物。

「再來就是琥珀吧。風雨過後，會有不少琥珀沖到岸上。」

淺顯易懂的尋寶情報，點亮了繆里的眼睛。

「小的岸邊就撿得到，可是大的會沉到海底。所以鎮上有人帶著大鐵篩搭船過來，比較貪心的，篩子還會大到一個人快要抱不動呢。然後這些人會到遍布這海域的小島上去，慢慢等大風雨過來，趁風浪還沒停就跑到水深及腰的淺灘上，泡在冷得幾乎要把手腳給凍斷的海水裡拚命淘海底。為了避免冷到昏倒，他們還會用繩子綁住彼此，可是被浪捲走的人還是年年都有，危險得

很。」

光是想像滅頂那一刻，我就怕得渾身發寒。

不過繆里卻入迷得鼻孔都要噴出煙了。

「再等到後面那些禿山開滿花的時候，那些想一夜致富的人就會湧到這島上來，到時也很熱鬧。有的人很厲害，只跑一趟就從海底撈出了身家。到了夏天，則是會有很多礦工以此為根據地，到其他島上的泥炭、煤炭或露天鐵礦場去。雖然我們這最近已經不景氣了一段時間……但總之就是，兩位不巧在難得清幽的時候來到這裡。」

商人說完哈哈大笑。

「那麼，我們那艘船卸下的貨，就是用來渡過這段淡季的嘍？」

「是啊，正是如此，或是要送去更北方的島嶼。我們的商船還要過幾天才開，所以我和這位好夥伴正在偷閒呢。」

商人笑著用拇指往連接大廳的房門比，有隻看似聰明伶俐的狗正在窺視我們。

「平常牠很親人的，可能是敬畏神的威光吧。」

我想牠怕的應該是繼承狼血的繆里，但我當然不會說出口。

「話說回來，兩位特地搭其他商行的船過來，是有急事嗎？」

商人用白得像鹿角的光滑漂流木撥弄爐火，語氣淡然地問。

繆里吸一口羊奶，側眼看我。

彷彿在說：「你應付得來嗎？」之類神氣的話。

「而且，兩位都很年輕呢。」

商人調節火候之餘，不掩商人的評量目光轉頭瞥視。

然而，我也十分清楚這樣一大一小的搭檔很引人注意。於是我端正姿勢，以手按住胸口敬禮道：

「我名叫托特．寇爾，這位是繆里。我從小就離鄉背井當個流浪學生，修習神學，現在受到某位貴族的照顧。」

「喔？」

商人把用來撥火的木棍直接塞進爐裡，抬起頭說。

「哎呀，失敬失敬。我是這會館的主人約瑟夫．列梅涅夫。」

我跟著握住他伸來的手，掌皮硬得像山林野獸一樣。

「看不出來你曾經是流浪學生啊，就像見到了奇蹟呢。」

約瑟夫毫不顧忌地笑起來。看來他知道流浪學生都是些怎樣的人。

「是啊，那幾乎都是打著學生名號，到處偷矇拐騙的人，等於是放蕩的代名詞。當時我潦倒得和乞丐沒兩樣，因為一時貪心想多弄點錢，結果就連所剩無幾的盤纏都被騙子捲走，完全不曉

得該怎麼辦才好。」

「喔喔，那真是……」

「但就在這困境之中，神給我指引了一條生路。在九死一生之際，有個旅行商人收留了我，還教導懵懂無知的我各種知識，每天還撥給我一點時間讀書，我才能有今天。」

「喔喔。」

聽我這麼感謝似乎容易遭神譴責的商人，約瑟夫這個同行顯得有些自豪。

「那你這位同伴呢？」

約瑟夫手一指過去，這種時候特別機靈的繆里就挺直腰桿，露出微笑。

「我受到某位貴族的賞識而離開落腳的村莊時，她躲在行李裡跟了過來。原本應該得把她送回去……可我畢竟是流浪學生出身，所以……」

「哈哈哈，有意思、有意思。」

信奉神之教誨的我不能說謊，不過聖經上也充滿了模糊不清的語句。只要說話對象有點腦筋，自然就會給自己作一套解釋，自認聰明的人更是不會問得太仔細。

約瑟夫也是明白了某些道理般慢慢點頭。

他沒問我繆里為何稱呼我「大哥哥」，是因為他對流浪學生有些了解吧。流浪學生組織裡年紀小的，會以兄長稱呼前輩。

「那麼，你們這次出海就是受了那個貴族的命令？」

「是的，那是她的宿願。她聽說這一帶因為環境惡劣，人不容易往這裡流動，非常適合潛心禱告。」

這也是不算謊言，與事實沾上點邊的說法。

「原來如此。聽說阿蒂夫那出了點宗教上的事，所以是察覺世人的信仰走了樣，想多興建些修道院，綳緊信仰的準繩吧。」

約瑟夫圓鼓鼓的肚子愉快地晃了晃。看來阿蒂夫一事已經傳開了。

「這個地區適合蓋修道院的小島的確到處都是。我們商行也時常承攬輸送物資的工作，不過……最長大概也只持續三年吧。啊，抱歉抱歉。」

即使在偏遠地區興建修道院以追尋救贖，倘若環境過度嚴酷，大多數修士修女還是會選擇離去。有時是因為出錢的富人蒙主寵召，物資從此斷絕所致。

修道院不會因為興建起來就能自力存續，修士也有忍耐極限。禱告與清貧之屋，非得需要俗世黃金與某種程度的舒適來支撐不可。

「每個人表現信仰的方式都不同。只要願意虔誠禱告，無論是上山下海，神都一定聽得見。」

見我微笑著答覆，脫口說出真心話的約瑟夫放心地搓搓大肚腩，並帶著嘗試補救的僵硬笑容說：

「可是請別誤會，這一帶還有很多堅持正確信仰的人。儘管這時期看起來很不怎麼樣，可是我能用這一帶的名譽向您保證。」

「我當然相信。」

我不打算在這質疑他們的信仰深淺，單純以閒聊的態度表示同意，但約瑟夫接下來卻說出我不得不認真看待的話。

「信仰黑聖母，的確不時會招來懷疑的眼光。不過我們的船員比誰都虔誠，對神的信仰都是忠貞不二。神的教誨也深植於這一帶人們的心中啊。」

聽約瑟夫的語氣，他的家鄉很可能就在這一帶某座島上。

會不會被繆里笑蠢，勝負在此一著。

我盡可能佯裝自然，注意聲音不要岔氣，把話說出了口。

「黑聖母？聖母還有分黑白嗎？」

感覺上，約瑟夫是個遠比常人更熱愛自己職業和家園的性情中人。

所以我決定徹底裝蒜。果不其然，他眼睛睜得又圓又大地問：

「喔喔，您不知道嗎，這樣不太好喔。這一帶去哪裡都得靠船，沒有黑聖母的保佑，在海上根本安不了心。請稍等，我去請黑聖母過來。在這片人類力量十分渺小的土地上，只有慈悲為懷的黑聖母是我們的依靠。」

約瑟夫幾乎要掀翻椅子般猛然站起，直往隔壁房間去。

爐裡「啪、啪」地發出陣陣柴薪爆裂聲。

繆里喝光錫杯裡最後一口羊奶，打個大嗝。

「還算可以啦。」

並神氣地下個評語，嗤嗤地笑。

約瑟夫捧來的黑聖母，和海蘭在阿蒂夫給我們看的幾乎相同。不同的部分，就只有這尊比較小，細微刻劃略少。

「只要是這地區長大的人，出海時都一定會把黑聖母帶在身上。」

約瑟夫以粗大的手穩穩抓著聖母像這麼說。側邊有個串繩的麻袋，出海時應該就是放在袋裡當項鍊戴。繆里聽了開始搓弄胸口，是因為她脖子上也吊著裝滿麥穀的袋子吧。

「這和遠航船隻船頭上架的聖母或聖人像不一樣嗎？」

聽我一問，約瑟夫感嘆地搖搖頭。

接著露出想一口氣解釋完的表情，但眼睛忽然轉向插在爐前的烤魚。

「啊，差不多能吃了。這邊，身體周圍的鰭都烤酥了，很香喔。」

串在細棍上烤火的，是扁扁的比目魚。我是聽說過，但還是第一次見，繆里也為那奇妙的形狀看呆了眼。

「我們的網能捕到的頂多只有盤子大小，可是大風雨的日子，從可怕深海拖上來的網裡面會有很大的喔。像這樣！可以到這麼大喔！」

約瑟夫肩膀都要卸了似的振臂畫個大圓。繆里毫不懷疑地大吃一驚，兩眼發光，但我只是配合她作個表情。商人款待客人時說的話，只能信一半。

「海裡到處都是陸地上作夢也想不到的生物，傳說也是多得數不完。不過這種魚呢，味道是愈小愈香。來來來，快趁熱吃了吧。」

雖然這種魚平時是整天貼在海底，白肉部分烤起來卻是鬆軟綿密，好吃極了。烤得香香脆脆的鰭鹹得夠味，讓人一口接一口。繆里似乎想把在船上吐空的胃裝滿，已經開始啃第二隻了。

原本該罵她貪吃，不過約瑟夫見到客人這麼愛吃當地的魚是開心得不得了，我也只好先忍忍。繆里身上就是有這種力量。可能是給人小狗的感覺，忍不住就想多餵餵她了吧。

「話說這個黑聖母，不只是船隻的護身符。黑聖母曾經實際救過我們。」

在過分寬敞，沒有其他喧囂，不斷送上寒意的土地上，只有三個人和一隻狗在黑暗中圍著爐火。屋外漆黑一片，寒風片刻不息。在這種環境下，約瑟夫講得愈熱情，我腦中那個字眼就愈清晰。

異端。

惡魔騙人時，一定會展現近似奇蹟的伎倆。

「哎，我懂。從大陸或遙遠南國來買鯡魚的商人聽了這故事，沒有一個不是一臉懷疑。」

趕緊揉揉臉頰的我逗笑了約瑟夫，繆里卻瞪我一眼。

「不過呢，這些疑心病重得不會輸給任何人的商人，到最後全都信了黑聖母。蓋在這地區的修道院無法長久持續，也有一部分是因為當地人沒有任何捐獻的緣故。」

令人如此篤信的聖母像，使我再一次往惡魔的犯行作聯想。

約瑟夫繼續說：

「這裡有很多船隻因黑聖母顯靈而得救的故事，而且不是『很久很久以前，在爺爺還小的時候聽人家說……』的那種故事。我也曾經親眼見過一次。」

約瑟夫似乎不打算說服我，回憶當時情境般閉上眼，將握在手中的聖母像貼在胸前。

細緻雕紋上的磨損，就是這樣日積月累來的吧。

「那是一次秋天的出航。」

咻。外頭傳來尖銳風聲。

「我們的工作，是從土地鹽分重到長不出糧草的地方，把山羊跟綿羊移送出去。羊群都餓得皮包骨，生了崽子也無奶可餵。而人們得靠羊奶羊肉活命，還得靠剃不到多少的羊毛禦寒，情況

是一樣慘。這是攸關一個海島小村能不能活下去的事。」

我想起下船時，使繆里呆愣的荒涼景象。據說愈往北行，環境就愈加艱困，愈難生存。約瑟夫在成為德堡商行的商人前，也曾以這海域土生土長的島民身分，為當地生計盡過一份力吧。

「當時狀況糟到只要晚一天移送，就會多死一頭羊。而多死一頭羊，家裡就有人沒東西吃了。那天早晨風很暖，天色有點陰，牆摸起來還濕濕的。村裡的老漁夫說這種天氣絕對不能出海，但我們別無選擇，只能冒險。即使人家說這種日子會被白色惡魔給吞下肚，可是眼前的危機比不確定的東西嚴重多了。」

啪嘰、啪嘰。爐中木柴發出爆裂聲。

除約瑟夫外，我和繆里沒有一點動作。

「搭船到會長草的島上，其實要不了幾刻鐘。天氣好的時候，那裡看起來近得游都游得過去。而且海像湖面那麼靜，沒有半點風，機不可失。要是等到明天，說不定濕氣會重到開始下雨、颳風起浪，到時候家畜全是必死無疑。」

我不禁想像人們為求生存，決心冒險搭船前往新天地的神情。

「於是，我們航向了視野有點模糊的大海。船槳每次拍打海面，都可以清楚看見漣漪不斷擴散，消失在霧氣之中。我們相信船是朝著那座島前進，可是不管前進多久都看不見島的影子。後來眼前愈來愈白，彷彿被惡魔給遮了眼。」

「……濃霧嗎？」

在深山長大的繆里懷著畏懼說出那個詞。

山上不時會飄起甚至伸直手就看不見指尖的濃霧，而繆里也深知那有多恐怖。在那夢幻的世界中，就連她母親那樣巨大得人類必須仰望，只能以神形容的狼也會迷失方向，除等待霧散別無他法。

若環境換成腳下全是水，等待也會被吞噬的海洋，情況將是如何呢？

從約瑟夫眉間皺紋之深，可窺見當時是多麼絕望。

「人家說霧會把人抓起來撕碎再吃掉，但事情並不是那樣，說不定會抓人還好點呢。濃霧很快就掩蓋了我們的一切，連甲板上的人都看不見彼此的臉。山羊和綿羊也似乎都發現不對勁，靜得很詭異。我曾經被捲進能把海浪颳得像小山的風暴裡，可是那時候也站得穩穩的這雙腿，在霧裡卻像嬰兒一樣，還跌了好幾次。」

「我在山裡遇到濃霧的時候，會一直大聲叫喔。」

繆里替彷彿身陷迷霧的約瑟夫打氣般這麼說。

約瑟夫感嘆地笑了笑。

「我也是。我連自己在哪裡都弄不清楚，拚命地叫。後來大家談起這件事，才發現每個人都一樣。可是那白得嚇人的濃霧吸走了每個人的聲音，我連自己的聲音都聽不太清楚。」

約瑟夫眼神飄渺地往爐中添點漂流木。

「划槳的人，都想相信自己仍在前進而不斷地划。完全分不清方向，就只是一股腦地前進。平常時候，我們就算閉著眼睛，也能從洋流或海浪的阻力來分辨自己大概在哪個位置，可是那天真的一點風也沒有，什麼都分辨不出來，到後來開始有人就只是抓著槳亂搖，拍打海面。當時我緊緊握著這個黑聖母像，幾乎要把祂弄碎。因為我們相信，到了這種時候，黑聖母一定會救我們一命。」

當人類的力量無可奈何時，就只能向神求救。

約瑟夫緊握胸前的聖母像，繼續說：

「我沿著船邊護欄往船頭爬，發現船上的人也都有同樣打算。即使不說出口，大家心裡都明白。於是我們抿著嘴點點頭，拿出自己的聖母像。」

約瑟夫重現當時情境般高高舉起黑聖母像。

「偉大的聖母啊，指引我們這群可憐的羔羊吧……剛好船上真的也載了綿羊跟山羊。我們向天呼喊，把我們的希望都寄託在黑聖母像之中，把祂丟進海裡。結果──」

繆里緊張地向前傾，我也逐漸被拖進情境之中。

「船突然用力一晃，有人大喊觸礁了。這裡的海域很複雜，無論引水人再怎麼凝神細看，意外也從來沒停過。就在我們絕望得開始發抖的時候，奇妙的事發生了──船自己動了起來。」

看著約瑟夫描述的神情，我的心境變得很不可思議，而這是有原因的。他的故事實在太離奇，我也很懷疑怎麼會有這麼湊巧的奇蹟。可是問題不是聽者理所當然的疑念，而是話者的複雜笑容。那表情彷彿在說，當事人比任何人都更難以分辨那是現實還是白日夢。

「船就像受到某種巨大力量牽引一樣，慢慢地在海上前進。老實說，我還忍不住懷疑自己其實早就死在船難裡，被導向死後的世界。但不久之後，霧裡出現大島的影子，而且正是我們熟悉的那座島。船在無風無浪的海面一直線地滑行，最後衝上沙灘擱淺了。我們不敢相信自己真的得救了，還在歪斜的船上傻愣愣地對看了一會兒呢。」

約瑟夫大幅搖搖頭，長嘆一聲。

「總之我們相信是神救了我們，趕快把羊群都趕上島。等事情忙完以後，霧開始散去，風也回來了，海上搖起應有的波浪。這時，我們發現自己丟進海裡的聖母像，居然都靠在船邊隨浪打滾。簡直就像把我們馱在背上，送去那座島上一樣。」

我實在不認為約瑟夫是假借親身經歷的名義，編這個奇蹟故事來騙我。

繆里不知是興奮過頭還是因為最後所有人都平安得救，只見她聽得眼眶泛淚，還掛著一大條鼻涕。

約瑟夫笑了笑，哄孫子似的替她擦鼻子。

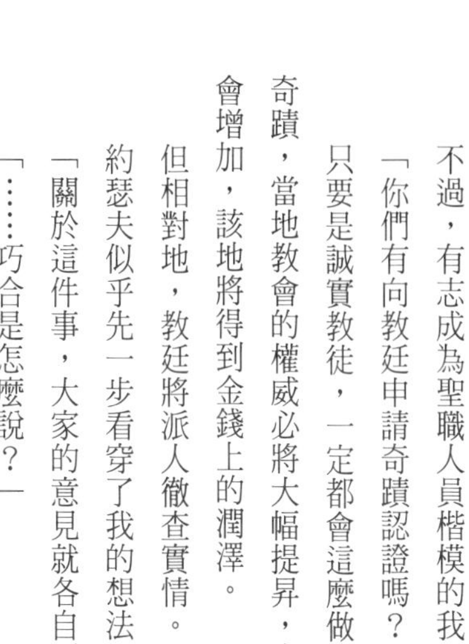

不過，有志成為聖職人員楷模的我，可得要擦亮眼睛。

「你們有向教廷申請奇蹟認證嗎？」

只要是誠實教徒，一定都會這麼做。教廷是本該帶頭端正弊害的教會中樞，只要他們認證為奇蹟，當地教會的權威必將大幅提昇，也是對其信仰的至高肯定。以俗世角度而言，就是巡禮者會增加，該地將得到金錢上的潤澤。

但相對地，教廷將派人徹查實情。

約瑟夫似乎先一步看穿了我的想法，慢慢聳起寬厚的肩。

「關於這件事，大家的意見就各自不同了。像我，也覺得是一半奇蹟，一半巧合。」

「……巧合是怎麼說？」

「大海是個很複雜的地方，就算海面靜得像湖一樣，底下說不定是暗潮洶湧。況且，其實海流的分界比陸地人能想像得更明顯。有時候跨過那條線，甚至會有撞到東西的感覺。」

是指當時有可能是因為視覺遭濃霧剝奪，其他感官變得過敏，所以船員把撞上海流當作觸礁了嗎？

「再說，那邊的洋流本來就很容易把漂流物沖到那個島上。只要離島夠近，所有人都不做事也能漂到島上吧。要是炒作得太厲害，結果教廷不認為是奇蹟，我們這個本來就常被人懷疑是異端的地方就要惹來更多質疑了。」

約瑟夫挑眉往我一瞪，像在說：「就像你這樣。」然後微笑。

「所以，我們就當成一半奇蹟一半巧合。不過從那一天起，我是特別珍惜這尊黑聖母像了。」

言談之間，透露出即使被視為異端也不會改變想法的堅定決心。

可是我此行目的，並不是要他們改宗。

而是來判別這群信仰黑聖母的人，能否成為我們對抗墮落教宗的強大戰友。

「像這類既像巧合也像奇蹟的故事還有很多。例如船上失火時，把聖母像丟進海裡就起了個大浪，把火全打熄了，或是掉進海裡卻因黑聖母而得救等等。」

落海部分引來繆里若有所思的視線，我姑且裝作沒看見。

「當然，最厲害的一個是……」

原本講得滔滔不絕的約瑟夫像是忽然發現自己講得太激動，靦腆笑著放柔語氣說：

「不了，親眼見識奇蹟的痕跡，勝過我千言萬語。兩位都要往主島去吧？」

德堡商行的人曾告訴我，主島凱森是海盜的根據地，也是這島嶼地區的中心。

「路上曾有人告訴我，如果要繼續向北航行，無論如何都得去那裡一趟才行呢。」

「因為這一帶還是會有人違規打魚，甚至有外地人會掠劫防備薄弱的村莊。先去主島讓大家認識一下，未來容易避掉很多麻煩事，尤其像你這樣想找個島建設據點的人更是不能免。不管背後有哪個貴族撐腰，我們在海上都十分弱小。」

溫菲爾王國，或有大陸最北方國家之稱的普羅亞尼，權威都到達不了這裡。

「所以能保護我們的，就只有黑聖母吧？」

聽我這麼說，約瑟夫擠出商人的標準笑容，頷首說：

「主島還有這地區唯一的修道院。先和那裡的修士打聲招呼，對你應該有幫助吧。這些聖母像全都是那個修士雕的。他年紀已經很大了，但還是非常虔誠，是值得尊敬的一個人。」

看來約瑟夫和海蘭的黑聖母這麼相近，是因為它們出自同一人之手。

既然教會的權威到不了這裡的土地，那麼所謂的修道院是他自稱的吧。修道院不會像教會那樣藉由承攬洗禮、結婚、葬禮等儀式收取金錢，沒有油水可撈，設立本身是不會受到教會刁難，只有礙到教宗的生意才會出問題。

貴族偏好設立修道院而非教會，也是因為怕麻煩。

「不過，最近每個礦坑裸露的礦脈都挖光了，黑玉產量一口氣減少很多。而採掘量降低，島上的生意就會跟著掉，保佑我們海上人家的力量也就少了，日子難過喔。」

約瑟夫是不小心發起牢騷了吧。他說完時愣了一下，露出自言自語被人聽見的尷尬表情。

「抱歉，我太多嘴了。」

接著商人式地瞇眼一笑，視線轉回爐火。

「吃飽了沒？我們這魚是要多少有多少，不必客氣。」

繆里腳邊已經排了六枝尖端焦黑的長籤。長度和粗細一致，隱約透漏出他在暗夜漫漫時的消遣。

「謝謝，我們都吃飽了。感謝您的招待。」

「謹從天意。」

接下來，約瑟夫直接帶我們進寢室。這裡缺乏燃料，燒不了一整晚的火，在空無一人的大廳會冷得睡不著。他還給了我們幾顆放在爐裡烤的石頭，只要用袋子裝起來放在被子裡，就成了能發熱到天明的懷爐。

他帶我們來到的房間，好得就像是平時率領大商船的知名船長專用的，羊毛床讓繆里看呆了眼。

「睡在這種床上，好像半夜會餓醒耶。」

真不愧是身上流著狼血的女孩，不過她好像天天都是這麼餓。

繆里笑哈哈地在床上彈來彈去時，我找到一個凹凹凸凸的金屬盆，便從行囊中取出手帕，用皮水壺淋濕後用力擰乾。

「喏，繆里。」

「呼咦？」

繆里整個人傻在床上。只要稍微仔細看，就能發現她臉頰上有一條吃魚時沾上的炭痕，使我不禁嘆息。

「真是的。」

我沒心情訓她，走過去用濕手帕替她擦臉。

「妳好歹也是女孩子吧。坐船吹了那麼久的海風，不覺得黏黏的嗎？」

繆里原本還有些抗拒，但很快就主動把想擦的部分湊過來。擦完臉頰、太陽穴、額頭、鼻子兩側，把手帕乾淨的一面摺在外側時，狼耳和狼尾都跑出來了。她一邊低頭露出脖子要我快擦，一邊等不及似的搖著尾巴。

「可以感覺到紐希拉的溫泉多麼寶貴呢。」

擦完脖子，繆里清爽地甩甩耳朵和尾巴後，也許是因為沾了水有點涼，她打了個大噴嚏。

「窣窣……大哥哥～」

還臉上掛著鼻涕向我轉來。

「等我擦完臉再說。」

我迅速用少部分還沒擦過的面替她擦臉，結果她先一步用袖子擦了鼻涕。

「話說……」

在我替繆里和自己擦過手後，又拗不過她而擦起那細細的腳踝和小腳丫時，她開始找話題閒聊。

「他的故事好厲害喔。」

妳把我這個形同兄長的人當僕人一樣叫來擦腳，我也覺得很厲害。不過在這個份上，被她兩、三下就擺平的我也有責任。

「如果是真的就好了。」

不知為何，聖經裡的聖人總是先從窮人的左腳開始擦，這順序也被各種儀式所遵守。我從來沒想過原因，直到今天實際動手才明白。單純只是右撇子先擦左腳比較順手而已。

「大哥哥，你懷疑黑色聖母的故事有問題啊？」

擦完左腳後，我發現她的腳好冷。雖然有烤熱的石頭當懷爐，腳還是有凍傷的可能。於是我從行囊取出防凍傷用的藥品——一整塊凍在貝殼裡的熊脂肪，用刀刮一點下來，藉魚油蠟燭融化。

「還是說……那真的是魔女呀？」

用手指抹下烘軟的油，替繆里抹腳到一半，這句話從頭頂飄來。

「因為她會讓船自己漂起來或是潑水耶？」

語氣不太高興，是因為我表情無奈吧。

我一邊替皮薄體瘦的繆里腳丫抹油，一邊說：

「約瑟夫先生自己都說啦，可能是巧合。」

「……巧合？」

「要說是誤會或一廂情願也行。總之就是，把那種事完全當作上天賜予的恩惠準沒好事，多半會導致不好的結果。」

左腳抹完換右腳，仔細把油抹上每根腳趾。

「只要學過神學歷史，就會知道那種事是不勝枚舉。錯誤的信仰，比沒信仰糟糕得太多了。教人學習新知並不難，可是要人改變想法就很不容易。」

好比要妳放棄對我的愛——這種話就吞回去了。

黑聖母這個例子，或許是同樣性質。

「所以我們必須小心求證。好，擦完了。」

兩隻小腳丫都擦乾淨、抹完油之後，我輕輕拍一下，以手勢催她趕快收進被子裡。至於圓滿達成任務的手帕，我再派給了它最後一件工作——填木窗的縫。

「可是，都一樣有人得救了吧？這樣也算是錯誤的信仰嗎？」

填縫途中聽到繆里這麼問，使我轉頭看了看她。她還真執著。

繆里窩在被子裡，似乎想得很認真。

「那和鎮上對妳特別親切的人，說不定是想拐走妳賣錢是同樣道理。」

不能隨便相信。聖經有言，不可妄稱神的名。

用手帕塞完了縫，檢查冷風還會不會灌進房間時，繆里拉起被子蓋過鼻頭說：

「大哥哥談到神的時候都特別壞心耶。」

而且好像在鬧彆扭。

「這不是壞心，是冷靜。」

繆里獸耳抽動幾下，沒有回答。

「而且，他說主島上有奇蹟的痕跡。看過以後再判斷也不遲。」

這世上到處都是那樣的觀光名勝。在我工作十年以上的溫泉鄉旅館，不知道從泉療客口中聽過多少那種故事的真相，所以我相信自己具有看破假信仰的能力。

「喂，再過去一點。」

吹熄燈火，房間裡立刻是伸手不見五指。我摸索著鑽進被窩，夜視能力佳的繆里跟著伸手過來。可能是剛用濕手帕擦過的關係，相當冰涼。

儘管如此，繆里的體溫已經讓疊了四層的被子底下暖烘烘的。而且床舖塞的不是麥稈，而是羊毛，又有毛茸茸的尾巴，應該不會受寒吧。

「會冷嗎？」

我姑且一問。繆里毫不客氣地把臉埋進我胸膛，打個大呵欠搖搖頭。說不定那不是回答，只是想擦掉呵欠擠出的淚水，但好歹沒有任何不滿。

兩個人都在黑漆漆的房間裡躺著不動，使許多聲音突然變得清晰。海風拍打木窗或會館屋頂

的喀噠聲，木材彎曲聲，還有特別響亮的海浪聲。

這裡與我在溫泉鄉紐希拉長年居住的旅館不同，屋裡沒幾個人，比那裡更有世界邊境的感覺。

「大哥哥。」

繆里在我懷中用氣音說話。

「感覺好像在作夢耶。」

絮語聲幾乎要被外頭的浪聲打消。

「作夢？」

聽我這麼問，繆里尖尖的獸耳抽動幾下，搔癢我鼻尖。

繆里曾抓著鹿角般的漂流木，說這裡是世界盡頭的旅館。

實際上，這裡的確是接近世界的盡頭，要把這趟旅程說是冒險也無不可。畢竟這裡不會是想散個步就來得了的地方。

繆里在我懷中慢慢吸進一大口氣，身體隨之稍微膨脹。

「好開心喔。」

她夢寐以求的冒險，應該就是這種感覺吧。

吐了氣，繆里的身子也跟著縮小，變得柔軟。這個脆弱瘦小的女孩，彷彿只要我一用力就會壓壞。

從她的動靜，我能感到她已經睡著了。

她本來就是好睡得誇張的人，今天她還在船上把胃給吐得一乾二淨，再用長相奇怪但美味的鮮魚填滿，一定很累了。

我摸摸繆里依然孩子氣的頭，輕笑著放鬆自己的身體。

睡意很快來襲，用蠶絲布層層包裹我的意識。

我實在難以就此接受黑聖母的故事，覺得是個需要深入調查與思考的問題，而我該做的總歸就是完成我的使命。

做好海蘭交付的工作，當一個善加保護繆里的好兄長。

海浪不厭其煩地拍打海岸。被子裡溫暖極了。

隔天出發前，約瑟夫交給我一片扁平木板與一份文件。

「兩位是阿蒂夫鎮史帝芬先生的貴賓，這地方又都是些粗人。要是商船遇到臨檢，就亮出這片木板給對方看吧。」

上頭烙印著文字，似乎是這地區的名字。大概是通行證吧。

「文件呢，等到你們抵達主島的港都凱森，就交給那裡教會的人看。他們應該會照顧你們這樣的旅人。」

「那裡還有教會啊？」

我聽說島嶼地區與教會權威有段距離，沒想到會有教會。還以為只有祀奉黑聖母的修道院獨立存在呢。

「說是教會，其實只是幾個和北方地區有生意往來的大商行一起出錢管理的安身之所。在異國土地上，我們商人要團結一點才活得下去啊。」

即使平常明爭暗鬥，如果合作有好處就義無反顧地合作是吧，的確是商人的理論。這麼說來，這個各商行分立會館的港口，還算是我所認識的範疇之內。接下來才終於要踏入未竟之地。

「他們也會告訴您更多黑聖母的事吧。」

「感謝您昨晚不吝分享。」

「然後呢，一定要記得去主島的修道院一趟。只要那位修士能接受，你想在這裡做什麼都暢行無阻。」

別說建設修道院，說不定那也包括我原來的目的——說服此地居民協防企圖揮軍渡海的教宗。

而且那位修士位於黑聖母信仰的中心，會見他將是我能否看清這信仰正確與否的重大關鍵。

這一面非見不可。

「一路順風。」

約瑟夫站在會館門口微笑送別，陪伴他的狗坐在腳邊。可能是因為繆里不在我身邊，態度友善了點。

拜別後，我直往港口走。朝陽十分刺眼。

昨天剛下船時，一陣猛烈的寂寥撲打了我。可是在晴朗的淺藍色天空下，這座小島看起來並沒有那麼糟。

昨天到處是岩堆的禿山雪堆間其實綠意點點，有幾隻山羊到處漫步，悠悠哉哉地啃草。就連昨天有如世界盡頭的海濱，也有許多海鳥在漂流木上休息，島民們忙碌地撿拾可以用來做材料的各種海藻，朝氣蓬勃。

而且還有個旅裝小孩混在島民之中，一下好奇觀察海藻的間隙，一下到處閒晃。那不是別人，正是繆里。

「繆里，走嘍。」

她一聽見就轉過頭來，然後不捨地再看一次腳邊才斷念，背好行李返回港口。今天看她難得早起，結果匆匆把早餐吞下肚就跑到海邊找琥珀，直到現在。

「有找到嗎？」

我苦笑著問，繆里失望地搖搖頭。

「妳想得太簡單了啦。」

儘管價值低於金銀等貴重礦石，琥珀仍是很受歡迎的飾物。

如果在海邊走走就能輕鬆撿到，生意就做不成了。

不過繆里像牛一樣從鼻子噴出一大口白煙，對我攤開戴著鹿皮手套的手，掌中有個耳屎般的褐色小顆粒。

「我找到一半，那些人也過來一起找，結果一下子就找到了。我找了好久都沒找到呢！」

撿海藻的人當中，有幾個和繆里年紀相仿的孩子。可能是見到來自南方的外地人，想給點下馬威吧。當然，繆里手中的琥珀太小，沒有任何價值。

「人生就是這樣。像我，就常常遇到研讀多年聖經也看不透的真相，被懂的人一下子就看透之類的事。」

套了各種衣物，體型撐得方方正正的繆里聳了聳肩。

「誰教你只認識這世界一半的一半。」

安慰她卻反被挖苦，真是好心沒好報。我低頭嘆氣，發現繆里從底下笑嘻嘻地窺探我。

「不過你儘管放心，我知道你有很多別人都看不出來的優點喔。」

原來她只是想說這個啊。真受不了她。

我也不想一味挨打，所以儘管有些害羞，但還是這麼反駁了。

「先提醒妳，我在溫泉旅館工作的時候有很多女人向我示愛，可是都被我拒絕嘍？」

在溫泉鄉紐希拉的溫泉旅館，多得是妖豔美麗的舞孃和樂手。不用說，她們都不是繆里那種小孩，而是憑自身才華討飯吃的優秀女性。

然而繆里不僅沒生氣，反而笑得游刃有餘。

「你哪有拒絕，每次都是到處躲她們吧？」

「唔。」

如同我從繆里出生就看著她，她也是打從出生就看著我。我面對打扮得花枝招展，胸部和腰身美如雕像的女性是什麼德性，瞞也瞞不了她。

被她戳中弱點而說不出話時，繆里又笑咪咪地說：

「沒關係啦。娘說過，一個女人的好壞，看她能不能連愛人窩囊的地方也一起愛就知道。所以大哥哥大可放心喔？」

「……」

啞口無言的我低頭看身旁繆里，而她依然是對著我笑。

我是該罵她得意忘形，竟然笑著說年齡大自己將近一倍，關係形同兄長的男性窩囊，還是該笑她從側面看都還分不清男女也敢自稱是好女人，實在太傲慢呢？

不。我重新想過。繆里是個聰明女孩，再多長幾歲應該自然會辨明是非。既然我自認是她的兄長，就有義務相信她。雖然這小狗有時玩起來咬得有點痛，身為成熟大人的我仍大方承受。

「是啊。我會耐心等待繆里能讓我放心的那一天。」

然後我也對她微笑，只見繆里露出獵物從嘴裡溜走，咬空的牙齒徒然敲響的錯愕表情。

「討厭啦，大哥哥！我很認真耶！」

「我也很認真。再說，我現在滿腦子都是下一座島的事。妳早餐喝了三大碗魚湯，真的沒問題嗎？而且妳還從頭到尾啃了好幾條大鯡魚不是？」

「唔。」

這次換繆里說不出話了。可能是見到船就想起昨天嚴重暈船，整張臉都繃了。

「沒、沒問題啦。」

當然，那一點根據也沒有，不過樂觀積極也是繆里的優點。至少，我得相信這一點。

「記得平躺下來，盯著天空看。」

「……那樣就不會暈船了嗎？」

繆里擔心地看來，之前的神氣不知全上哪去了。

「沒錯。因為神就在天上照看妳。」

結果繆里立刻一臉的不滿，唇噘得尖尖地說：

「人家相信你耶，怎麼可以亂說？」

責怪的眼神反而可愛。

「如果妳平常都這麼聽我的話，不知道該有多好。」

我直接從她戴著的兜帽上摸摸她的頭。

「討厭啦，不要敷衍我！」

我將繆里的抗議一笑置之。

今天天空晴朗，風平浪靜。

感覺即使海的另一邊有魔女等著我，也一定能化險為夷。

天氣好，視野也跟著清晰。

在約瑟夫的目送下，船繞過小島向北航行，終於要踏入島嶼地區中心。接二連三的小小島影看得我是目瞪口呆。

「原來這附近那麼多島啊，都要分不清哪是哪了。」

繆里似乎躺太久不舒服，不斷輾轉反側，最後臭著臉坐起來，下巴擺在護欄上眺望周圍景色。

「而且到處都看不到樹木，感覺好冷喔。早知道就從紐希拉帶幾棵過來。」

島上全都是石頭，植物只有稀疏的小草。除了山羊和牧羊人到處漫步，還能見到人們在海邊補網、在家門前曬魚乾等生活即景。

說好聽點，這裡的生活相當清閒，但也不難想像他們隨時可能陷入困境。

暴風雨持續久了，無法出海捕魚的人家就要面臨斷炊；要是房子被吹倒，附近一棵樹也沒有，顯然無材可修。況且維持生計的根幹——船，也是以木材製成，生活基底是脆弱得可怕。

即使我們所搭的商船已在前一個港口卸下大部分貨物，但經過那些島時，沿海居民仍會停下腳步和手邊動作，神情略顯恍惚地望著商船。也許是我多心了吧，看起來就像拾荒少女見到貴族配戴她一輩子碰都別想碰的寶石，騎馬經過的樣子。說不定船上任何一樣貨物，都具有大幅改善其生活的力量呢。

「這裡的信仰一定很現實吧。」

「……？」

我不由自主的呢喃引來繆里的不解表情。

倘若盡其所能弄來一切資源也不足以支撐生活，人就只能向天祈禱了。

那就是他們用以抵擋狂風最實際的依靠。

「但願是正確無誤的信仰，補足了他們的缺失。」

生在這地區的人，乘船時必定會配戴黑聖母，不單是為了祈求航行平安。他們也非常渴望某種偉大的力量來支持他們的生活。

而據說這整個地區，只有一名修士替集當地信仰於一身的黑聖母製作雕像。假如這名修士是秉持正確信仰來推廣黑聖母，可以想像信徒們遵從的也是正確教義。我心裡懷有這樣的盼望。

船繼續順利前進。途中天氣變差還下了雪，所幸沒有颱風，對航海毫無妨害。

當晚，我們在某小島唯一有屋舍的地方，彷彿盤據於高聳懸崖下的旅舍過夜，天還沒完全亮就繼續旅程。氣溫雖冷得要命，風依然是安安靜靜。我和睡眼惺忪的繆里靠在一起，抵抗睡意看著船左彎右拐地穿過島林。而這樣的狀況，在日出後產生了變化。

我們突然來到開闊的地區。

起先還以為是景色變得太快而造成暈眩，但我很快發現自己弄錯了，是船真的突然搖晃起來。這寬廣地帶與過去小島之間的狹路不同，風可以縱橫無阻地吹，浪也跟著高了。船帆都要裂了似的脹滿了風，船桅發出咬牙苦撐的聲音，使航程轉眼化為冒險。

「還好嗎？」

海浪拍打船身，大把浪花被風吹上甲板。

我急著想翻出抹了油的防水鞣皮風衣，而睡意全消的繆里則以兩手抓著護欄，入迷地望著海面。

「好厲害喔……海裡有湖耶……」

聽她這麼說，我才發現海水顏色像畫了線一樣深淺分明，大概是海底有急劇落差吧。更往遠處望，還能看見一列島嶼圍繞深色海域。的確，那裡堪稱是海中之湖。

此外，風開始呼呼地吹，且掀開繆里的兜帽，讓她長長的頭髮在空中飛揚。不過這銀色少女毫不在乎，沉醉於北海的嚴峻風景。

風不知何時摻起冰屑，寒冷幾乎與疼痛同義。短短幾分鐘內，大自然讓我們明白自己已從春季的領域返回了冬季。一想到這地區真正難熬的時節恐怕早已過去，這氣候只是末尾餘波，近似恐懼的情緒便侵襲了我。

然而天氣雖差，這片海中湖似乎算是各路航線的交會點，突然有其他船隻出現。我不斷揉眼擦去結在睫毛上的冰，眺望大海，找到雄壯威武，也許有三、四層甲板的巨大遠航船隻，還有和我們大小相近的商船，以及只有一、兩個人操縱的小貨船。

每個人都把這環境當作家常便飯。

平時愛玩鬧的繆里，也默默注視那些在強風、冰屑與白浪中呼著白煙般的氣，用紅通通的手掌舵，跨海討生活的人們。情緒一激動就會跑出來的耳朵尾巴，也似乎忘了本分。

「……那是……船嗎？」

彷彿沒時間暈船的繆里回神過來問道。

「可是……那看起來黑黑一團……而且……好大喔？」

繆里往船的去向凝望，我也在她身旁跨開腿抵擋搖晃，遙望前方。

「好像……不是船，是山。黑色是因為蓋滿森林。」

「山？」

那語氣像是不敢相信海裡會有山，但她很快就發現那正是我們的目的地。當山稜開始清楚浮現於霧濛濛的視野時，往來的船隻也繁忙許多，看來那裡就是這島嶼地區的中心點——主島。

我幫繆里撥開沾上衣服也不融化的冰屑，戴回兜帽，補一條羊毛圍巾塞進領口。

她有點嫌煩，眼睛卻緊盯著船的去向，似乎不願在抵抗上浪費任何時間。

順風使得船以衝鋒般的速度接近主島。

不久，離開阿蒂夫後的第一個五臟俱全的像樣港都出現在我們眼前。背後山嶺有如寶座上的國王，睥睨腳下大湖。

沒有別的山比它更適合用「威風凜凜」來形容吧。

為其肅然起敬時，繆里忽然輕笑起來。

「呵呵。大哥哥你看，那座山好像在拉褲子的國王喔。」

「咦？」

我這才發現，山上植被分成兩段，山腳到山腰的森林顏色較深，看起來的確像拉到腹部的褲子。沒長樹的山頂堆了王冠似的白雪，讓畫面更加滑稽。同時，繆里純真地瞇眼遠眺的側臉讓我

深有感嘆。

她所見的世界，總是充滿歡樂的光輝。

「嗯？怎麼啦，大哥哥？」

繆里察覺我的視線而愣住。

「沒什麼，只是覺得妳真的隨時都是妳自己。」

「咦？」

她傻眼得像隻被捉弄的貓。我隔著兜帽摸摸她的頭，矇混過去。

「神啊，請照看我們的旅程。」

大幅搖晃的船濺起陣陣水花，繼續往國王山邁進。

屋頂又高又斜，是為了方便除去積雪吧。房屋蓋得非常密集，看起來宛如被風吹成一團的小矮人。

主島的港都凱森的確不小，人多船也多。但可能是離開阿蒂夫後看了太多荒涼的景色才會覺得它大。其實只要稍一留步，屋舍和人都不難數清。

儘管如此，見到人們在積雪的路邊談笑的模樣仍讓我安了不少心。這裡有人的互動與溫暖，

路口堆起了高高的雪人，手和五官都是木棒拼成。

「教會往那走嗎？謝謝。」

我向路過的商人問路，他便往流出港口的大河上游指去。這條河又寬又深，沒有搭橋，人們都靠船往來兩岸。

或許是因為如此，當地人似乎不常走河畔道路。雖有點足跡，雪卻積得相當厚。若從河口往山頂仰望，整條河就像一條將島撕成兩半的裂縫。

「好了繆里，我們走。」

我拉起圍巾蓋住嘴，牽著繆里的手往鎮上的教會前進。

「刻那個人偶的人會在那裡嗎？」

「不是人偶，是聖母像。」

「還不是一樣？」

雙方差異很難對無信仰者說明，我咿嗚幾聲就作罷了。

「然後，我們不先去修道院嗎？」

「我們要住的教會，和修道院是不同地方。對了，聽說我們靠港之前在船上就能看見修道院，妳有注意到嗎？那是蓋在一個孤單的小離島上。」

「咦？啊，有啊，像是一個小小的祠堂……咦，那裡有住人呀？」

看來修道院沒逃過繆里的銳眼。大概是我當時急得替心裡只有海景的繆里加衣服，所以才看漏了吧。

知道那就是修道院後，繆里眼中發出光芒。

「不會吧，有人住在那種地方？真的？」

有冒險的味道！她凍得紅通通的鼻翼都興奮地脹大了。

「那裡有那麼危險嗎？」

「嗯。海浪一直嘩嘩嘩地拍，到處都是粗糙的岩石，超有氣氛的。我還以為那一定是用來活祭山羊的祭壇呢……對了，就像會操縱雷電、在海上行走的巫師會住的地方。」

教會與異教徒打了幾十年的仗，為的就是根絕人們對那種巫師的信仰。即使戰後公開表示崇拜巫師的人已經絕跡，他們仍以冒險故事的形式留存在書本中。

雖然他們的形象都是正義使者討伐的壞蛋，不過對繆里來說，只要能刺激她的好奇心，不管善惡都無所謂吧。

「哇，好期待喔！一定有通往地下迷宮的樓梯，或是打不開的門什麼的！」

她絕對是嚴重誤會了些什麼，不過我不知道該從哪糾正起。

「大哥哥我問你喔，如果在地下迷宮遇到龍該怎麼辦？可以叫娘來嗎？」

分不清幻想與現實的繆里打從心底期待地笑著仰望我。我很想幫她劃清界線，可是難就難在

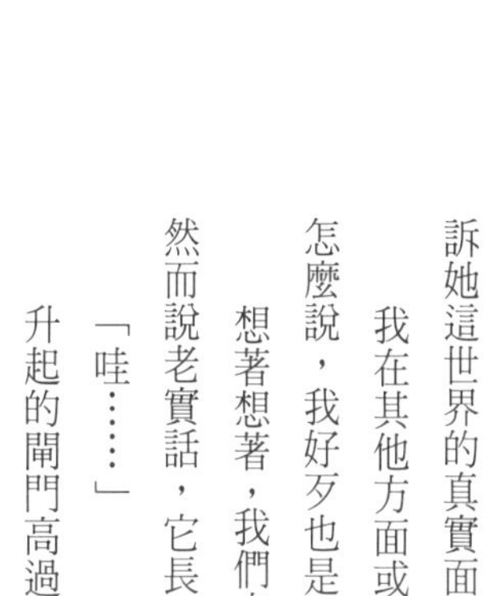

實際上她的母親就是應該住在幽暗深林的精靈一類。

然而，若想見到這個潔白如紙的年輕女孩繼續走在正道上長大，就得畫出一條漂亮的線，告訴她這世界的真實面貌才行。

我在其他方面或許派不上用場，但至少能幫助她明白在這個無常的世界有什麼必須堅信。再怎麼說，我好歹也是為了辨明是非才苦讀到今天。

想著想著，我們來到一道格狀大閘門前。石牆後飄揚著教會的錦旗，看得出來這裡就是教會。然而說老實話，它長得和要塞沒兩樣。

「哇……」

升起的閘門高過頭頂，由粗大的木柱組成。憑人力，就算拿劍斧來砍也根本不是對手，怎麼看都是以戰爭為前提而建造。從閘門後方通道的長度，也可看出石牆究竟有多厚。而且通道頂部還開了特殊的孔，孔中有焦黑痕跡。那是用來澆淋熱油以擊退敵人的孔。

「這是……教會？」

肅殺之氣重得連繆里都不敢置信地這麼問。

「就跟約瑟夫先生說的一樣，這裡是商人的聖域吧。」

「咦……這裡有那麼貴重的寶藏嗎？」

天真的繆里說得兩眼發亮，可惜完全沒那種事。

「才不是，裡頭的寶物只有承諾。大人世界的事。」

我無視於繆里的錯愕表情，拉動垂在門邊的繩索。小鐘叮叮噹噹，通道邊的門很快就開啟，一個衛兵舉著槍走出來。甲冑是皮製，是因為金屬鎧甲容易黏在皮膚上吧。

「喔？是旅行的僧侶嗎？」

他反應與約瑟夫相仿，但毫不驚訝，可能是偶有聖職人員旅經這邊境之地吧。

「是德堡商行的約瑟夫先生介紹我來的。」

為保險起見，我將那份文件和木片一併呈上。

「這就不必了。」

衛兵不收木片，表示這裡或許真的比較特殊。

「受貴族之命，經過阿蒂夫遠道而來，到北海勘查啊……路上辛苦了。」

衛兵聳個肩，仔細摺好文件還給我。

「請問這裡方便讓我借宿幾天嗎？」

「當然沒問題，這裡就是蓋來給人住的。德堡商行的客人就是我們的客人。」

衛兵邁開腳步，擺肩要我們跟上。

「有件事我得先提醒，鎮上禁止傳教。這地方的人雖然也是信奉神的教誨，可是感覺和南方有點不一樣。這部分你知道嗎？」

「您是說黑聖母吧？」

士兵點點頭，彷彿在說：「知道就好。」

「而且，聽說最近阿蒂夫還鬧了點信仰上的事。這地方的人對他們和教會的紛爭很敏感，千萬不要惹麻煩啊。」

事件餘波也確實沖到了這裡。

我們穿過石牆，來到寬敞得誇張的中庭，而原因也顯而易見。其中到處堆積木箱或蓋著捆捆麥稈的行李，而每一堆都立著曾經見過的大商行旗幟。別說德堡商行，連旗下船隻一時多過任何國王，享譽世界最強海上霸權的魯維克同盟旗幟也有。這裡是沒有政權可依賴，純由遠地貿易的大商行商人們維持的共同據點，也是危難時能提供庇護的聖域。

一般而言，這種非常手段只會出現在教會權力不存在的異教土地，可見這裡也包含在其範疇之內。

有零星幾個商人正在盤點貨物或是替馬匹梳毛，繆里稀罕地到處看來看去。衛兵指著她，投來打探的眼光。

「還有一件事很重要。這裡總歸是教會，地方又小，帶女人進來容易惹事。所以老闆帶來的女士或婢女，都得睡專用的宿舍，奴隸也一樣。」

在貧窮地區，奴隸買賣是常有的事。看衛兵的唏噓眼神，可能是以為又有個濫好人的聖職人員在南方撿了個奴隸少女想帶回故鄉吧。

無論事實為何，我第一個考慮的是該怎麼避免繆里在這個無依無靠的地方落單。重要的東西一定要留在手邊——這是我從過去旅途所學來的少數鐵則之一。

可是繆里的女性身分是不爭的事實。無論這裡能給多少方便，畢竟是打著教會徽記，給神的羔羊休養生息的地方。身為神的奴僕，我不准謊報繆里的性別。

在我不知如何回答時，繆里主動取下兜帽和圍巾，在雪景中露出長長的銀髮。

「穿女裝其實有很多好處喔。」

並咧嘴笑著這麼說。

衛兵打量了繆里一會兒，突然露出左虎牙笑了笑。

「這小鬼真機靈，有前途。」

「嘿嘿，謝謝喔。」

繆里笑得很自然，毫不介意。

「到最大的那棟樓去，應該會有人接待你們。其他事就問他們吧。」

這裡的建築配置，和我過去借宿的大修道院非常相似。

以大禮拜堂為中心，中庭、菜園、馬廄或餐廳等設施自南側繞圈排列，還有個依人流規模建造的宿舍。

或許因為這裡是商人的基地，中庭比一般修道院寬廣得多，宿舍和餐廳也相當大。馬廄沒有跟著放大，是因為這裡幾乎靠船運輸吧。

「我明白了，謝謝您的指教。」

「哪裡。」

衛兵似乎頗中意繆里，回崗位之際還像傭兵那樣和她碰個拳頭。

「怎麼樣呀，大哥哥？」

不小心目擊了這野丫頭增添多餘自信的瞬間。

「真是的，竟然眉也不挑一下地說那種謊。」

「咦？我哪有說謊。」

她的確是沒說謊，只是說出事實，讓衛兵自己誤會。我也經常使用這種伎倆。

可是我和繆里有個明確的不同——繆里打算用那招進入不該進的地方。我的良心，正為了該不該縱放她而糾結。

也許是責備與混亂全寫在臉上了吧，繆里臭著臉說：

「大哥哥，要是你真的覺得不對，直接跟衛兵說出事實不就好了？」

「……」

「你沒戳破，就表示那樣對你也好吧？」

她說得一點也沒錯，使我一聲也吭不出來。

「那還有什麼問題呢。反正必須潔身自愛，當個正人君子的大哥哥又沒說謊。」

繆里酸溜溜地這麼說，然後挽住我的手臂。

一點也不信神的少女，真的做什麼都肆無忌憚。

但這樣等於是讓繆里代替我說謊。我不知是對是錯，良心飽受譴責。

「我很怕自己的信仰會就此動搖。」

「你隨時都可以放棄喔？這樣就可以跟我結婚了。」

「……」

看來這全是繆里的陷阱。被趕進陷坑裡的我，只能疲憊地看著繆里在洞口咧開大嘴得意地笑。

嘆口氣後，我提醒自己不能垮著臉見人而打起精神。

「下不為例喔。」

繆里回答「好啦好啦」似的聳聳肩。

接著，我們遵從衛兵的指示，前往大煙囪飄著白煙的樓房。

一開門就是一條長長的筆直石廊，看起來很冰冷。左邊似乎就是大廳，從半開的門縫即可聽見愉快的談話聲。

「感覺不錯，挺熱鬧的……怎麼了？」

繆里打從我開門就捏著鼻子。

「裡面……好臭喔……」

我跟著吸了兩口氣。

「喔，這是泥炭的味道吧。」

「泥炭？」

「講黑玉的時候不是有提到嗎？就是一種像泥土的炭，可以在農田或草原上挖到。優點是便宜，缺點則是火力小和燒起來有臭味。在這島上可能也挖得到吧。」

可能是繆里身上有狼的血統，嗅覺靈敏，所以才覺得特別臭。

「不喜歡的話，要住其他地方嗎？」

在溫泉鄉紐希拉也有不少人因為受不了硫磺味而下山。我們是早就習慣了，一點感覺也沒有，可是不喜歡的人就是不喜歡。

我是顧慮繆里才那麼問，不過繆里不知為何按著鼻子抬眼瞪來。

「怎、怎麼了？」

「你又想把我趕回去了對不對？」

看來是我每次看她賴床或貪吃等耍任性時，都會講幾句「不如就別跟我旅行了」之類的話，引起了她的警戒。

「這次單純是關心妳。」

「……哼。」

雖沒罵我笨，她仍慍慍地地把頭轉向一邊去。

「別嫌了，我們趕快定好房間，出去調查調查吧。」

我遠道而來，可不是為了敷衍了事或悠哉觀光。阿蒂夫事件掀起的波瀾大得足以過海，而我相信它的規模會繼續與時俱進。我必須迅速完成自己在這島上的工作，著手下一項任務才行。

繆里雖仍為泥炭臭味揪著一張臉，最後還是心一橫進了門。這時，大廳有人出來了。

「喔？」

覺得聲音親切，應該是因為對方本來就是個和善的人，以及他的穿著與我類似。

「這時候還真是難得。兩位是旅行經過嗎？」

老祭司戴著教會徽記項鍊，兩頰發紅不是因為寒冷，而是喝了酒的緣故吧。

這先暫且放一邊，我先行訪客應盡之禮。

「打擾了。我名叫托特・寇爾，奉某位貴族之命參訪此地。路上有位德堡商行的約瑟夫先生，介紹我到這裡來打聲招呼。」

「喔喔、喔喔。」

祭司驚訝地眨了眨眼，走過來用他柔軟溫暖的手與我相握。而人一靠近，果真也帶來了一股酒氣。

「明白明白。我是萊赫．弗里德，這教會的負責人。照你這樣說，應該是來找塊適合的地方蓋修道院吧。很好，不必多說，不必不必，其實你這樣的人一年到頭都有。不知為什麼，南方有不少人以為這裡是天國的大門呢。」

萊赫這麼說話不只是因為微醺，個性也是這麼豪爽吧。他以一臉慈祥和藹的笑容毫不避諱地說出別人難以啟齒的話，並為難地嘆一口滿是酒味的氣。

「無論是好是壞，這裡總歸是冰冷海域的邊境。調查得太過火，容易弄得一身腥。尤其在這個時節落海就沒得救，到了春天又有暴風雨。有時候，還會有像你這樣的人到處去找些不會有人去的島，結果惹出大問題呢。」

萊赫打個酒嗝，聳了聳肩。

「您說的是信仰上的大問題嗎？」

萊赫不枉是這個四面石牆，可比要塞的教會負責人，聽我進一步問，眼中就點起銳利的光芒。

「你是異端審訊官嗎？」

他若是騎士或傭兵，手一定搭在劍鞘上。

不過萊赫端詳了我一番後，視線移到抓著我腰際的東西身上。

我稍微放慢節奏，對萊赫這麼說：

「如果我是異端審訊官，應該會更精心挑選裝備吧。」

異端審訊官等於是劊子手跟拷問官的代名詞，不會帶著小孩到處跑。

「那倒是。反過來說，要是異端審訊官都像你這樣，教會也不會到處結怨了。」

說完，萊赫噗哧一聲打個噴嚏。

他能在如此僻境生存，且職掌並非正式存在於教會的教會，一定有他過人之處，而那不會只因為他是個教會的忠僕。

「別在這吹風了，先進裡面坐吧……對了，行李也拿進來。」

「此外，我們想租一個房間。」

萊赫拍響額頭大笑。

「喔喔、喔喔，我也真是的。穿著旅裝喝酒，好酒都不香了。」

笑到一半，他那皺巴巴的眼皮縫隙間，向繆里投出意外滴水不漏的目光。

「對了，門口衛兵跟你們說過這教會的規矩了嗎？」

「說過啦，女人要住其他地方嘛。」

繆里回視萊赫，笑咪咪地這麼說。該說她膽子大還是神經粗呢。萊赫愣住了似的注視繆里片刻，最後驅趕睡意似的眨眨眼睛，又打了個嗝。

「嗝。抱歉，我帶你們去房間。現在人少，有好房間能住。」

萊赫跟著穿過我們身旁，向門外走。

「喔喔，好冷啊！」

酒酣耳熱的身體吹點冷風，應該很暢快吧。萊赫舒爽地繼續走，我和繆里隨後跟上。

在中庭工作的人只要見到萊赫，距離再遠都會問候一聲或揮手致意。即使他白天就會喝得醉醺醺，在這裡仍是個受人景仰的祭司吧。

更重要的是，除黑聖母外，只有他能為船員祈禱平安，提供航海慰藉。

「關於剛才沒說完的事——」

我們經過一處應是菜園的地方，不過壓低果樹枝條的不是水果，而是一條條的魚乾。萊赫邊走邊檢視魚乾狀況，並說：

「真的就是大問題。他們都自個兒划了小船出去，然後再也沒回來了。多半是落海或迷航，不知漂流到哪去了吧。」

遭冰雪阻隔的嚴酷北海，具有與其寒冷和清澄空氣相符的莊嚴氣息——萊赫像是看了不少人懷抱如此期待而來卻客死他鄉，不勝唏噓地聳聳肩。

「他們大多是不懂這地區，也沒有往來的貴族派來的……近的有溫菲爾、普羅亞尼，遠一點，來自南方諸國的也偶爾有幾個。總之，背負權威而來的人在這裡死了，無論死因如何都會惹來嫌疑。」

海蘭是怎麼稱呼這片地區的管理者呢？

「聽說這一帶是海盜作主，真的嗎？」

萊赫帶著陰鬱眼神稍微轉頭瞥視，嘆了口氣。

「這裡的人怎麼看都像海盜，很難辯解，可是他們並不是所謂的海盜。」

綁實鬆脫的魚乾繩結之餘，萊赫繼續說：

「平常主要是護衛商船，或是到處偵防，以免盜漁船或真正的海盜破壞這裡的島。總之就是做些講道理難以解決的事，這樣好懂多了吧。」

若要用一個我熟悉的詞來替換，就是民兵團吧。

「假如沒有他們，根本沒人能管理這片危險的海域。要是每個人都因為資源有限就為所欲為，日子馬上就過不下去了。武力就像箍緊酒桶的鐵環一樣，沒有了它，就連向每季來這裡賺錢的人收稅都辦不到。沒有稅收，這裡很快就會被外地人吃乾抹淨，走向滅亡。他們是因為有必要才存在。」

喳、喳。踏雪前行的萊赫每隔幾步，就有一道白煙從他左肩流逝在空中。

可是他的背影不只有替海盜說話的憤慨，也有說再多也沒用的落寞。

「可是只會道聽塗說的人老愛鬧事，說什麼海盜討厭南方人，人都是他們暗殺的。事實上，

幾乎都是因為那些人不知道這海域的可怕又不聽當地人的勸，才會出人命。」

萊赫說到這裡，停在一棟相當大的樓房前。

「到了。」

要上幾個石階才能進門，是為了避開積雪吧。

宿舍是建在石造地台上，上頭鋪了木製地板。我有好多次冬天睡石地的經驗，但也只有精力旺盛的二十歲之前能這樣撐而已。早已二十來歲的我見到木地板，是鬆了一大口氣。

「走廊後邊的房間有個助理祭司，要借被鋪之類的東西就找他。要住哪間房，他也會替你們安排。最後要付多少錢，全看個人心意。」

萊赫語氣很故意，令人莞爾。

而他繼續保持那表情說：

「雖然說修道院蓋在無人島比較理想，可是這海域沒人住的島，說穿了就只是不能住人罷了。主要是因為島周圍的海流太複雜暗礁又多，行船非常危險。不過呢，那些都是外表看不出來的東西。和信仰很接近吧？」

萊赫笑著踢踢自己另一隻腳，抖掉鞋上的積雪。我對他率真的舉止頗有好感，但要我陪他一起笑實在有點困難。

「因為這個緣故，這一帶的人明顯不太歡迎來自南方又作聖職人員打扮的人。因為到處問來問去已經夠煩人的了，要是出意外死在這裡，又要惹來外界莫名其妙的嫌疑。當然，對於生意會因為當地人和外地人起衝突而出問題的人來說，同樣也是個麻煩。」

萊赫是迂迴勸我這幾天安分點過。

往好處看，那是這聖域中人的親切忠告。

「然而，我畢竟是不能空手而回。」

我嘗試反抗，老祭司卻喝醉了似的突然無所謂地聳肩。

「不管是請當地人帶路還是做什麼，都一定要照當地人說的話去做。尤其是出海時。」

萊赫停在門口看著我們進門，並這麼說：

「這是為了你們自己好。」

還不等我們回話，門就關上了。

喳、喳。待踏雪聲遠去而消逝，殘餘的只有寂靜。

繆里調整行李位置，抬起頭說：

「被討厭了耶。」

我默默低頭，見到的是張笑臉。

「旅人去到哪裡都是這種感覺啦，受到熱情招待的機會非常少。」

「是嗎？可是紐希拉不管哪裡都會開開心心開宴會耶？」

我也重新背好行李，趕促繆里跟上，走向走廊彼端。

「紐希拉那種地方很少見。其實世界上大部分地區都不喜歡外地人，因為打亂他們平靜生活的大多是外地人。」

繆里不太能理解，不過等旅途長了，她自然就會明白吧。

「所以，不管去到哪裡，尤其是人少的地方，我們都要低調一點。」

聽我這麼說，繆里以為我又要說教而皺起眉頭，對我擺出一張不耐煩的臉。

可是這與神的教誨或替他人著想無關，而是屬於在深山迷途時，該怎麼做才能存活下去那類的事。

我默默地看著她，而她也很快就懂了我意思。

表情變得嚴肅，嚥口水般點點頭。

希望她能從此了解外出遠行絕不是令人愉快又雀躍的事，世上最幸福的事莫過於待在故鄉平靜終老。

才這麼想，面色凝重的繆里忽然說：

「就像國王微服出巡一樣吧？冒險故事裡常常有這種事。」

「……」

繆里笑得像在說：「放心啦，我懂。」

雖然我覺得她什麼也不懂，這話也讓我深切地明白她是多麼地樂觀。

房間很小，床就只是兩個並排的木箱蓋上一塊毯子而已。

不過好歹是私密空間，其他樓層全是通鋪或倉庫，單純只是為了給商人買賣期間有個據點而建。

我能想像商人只要有個能遮風擋雨的據點就好，舒適度只是其次，所以在借寢具時多貼了點香油錢，結果證明真是貼對了。這畢竟是個只要出得起錢，連罪愆都能赦免的時代。

既然借到了這麼多毛毯，應該不至於冷到睡不著吧。

行李安置好以後，接下來就該打點中餐，我們便即刻外出。向門口衛兵詢問約瑟夫所說的奇蹟痕跡後，得知那距離教會不遠，就在港都後頭那座山的背面，走路就能到，於是決定先往那裡去。

只是路上積雪頗深，衛兵要我們在靴子外多穿一雙用乾草編成的長靴。才覺得遇上了好心人，結果原來是要錢的，可能是想賺點外快吧。不過價格不貴，我也就乾脆地付帳了。這也是從救我一命的旅行商人學來的智慧。旅途上能交多少朋友就盡量交，說不定哪個人會在緊要關頭救你一命。

港都與奇蹟痕跡之間連條像樣的路也沒有，就只是沿著河畔往上游走而已。在夏天會化為草原的大片積雪上走沒多久，汗就開始流了。旅靴已經很重，現在又套上一層乾草靴，實在難走到極點。然而沒了這層保護，靴子肯定很快就濕到裡頭去。只是凍傷還好，運氣差一點，腳趾還可能凍壞。在紐希拉，冬天上山也少不了它。

我不一會兒就走得氣喘吁吁，繆里的腳步卻輕快得像隻野兔，遠遠走在前頭。

「大哥哥，快點啦！」

這裡不是山上，不會有雪簷或池沼，沿著河畔走又不會迷路，我是一點也不擔心，不過想到回來也得這麼辛苦就頭疼。若能請到雪橇載我們過去就輕鬆多了，可是我馬上搖搖頭，提醒自己不能遇到事情就想靠錢解決。

「很慢耶，大哥哥！」

遠得已經看不見表情的繆里不耐煩地轉回來大叫。

從海上看來，還以為這裡是只有山和山腳下一塊平地的小島，但實際上走這一趟，可以清楚體會到這是個擁有不小平原的大島。到了夏天，這片雪原就會成為一望無際的草原，供給牲口一年份的草料吧。

森林終於出現在雪原彼端，而那裡也是山的起點。據說奇蹟的痕跡，只要順著林道走就會看見。

「妳太快了啦！」

繆里嘴邊冒出一團白煙，表示她嘆了口氣。她當然等也不等我，繼續快步前行。

不過，我對那樣的薄情反應並無怨懟，反而為她獨自勇往直前的堅強和年輕衝勁有所感慨。若當作她出嫁那天能再一次見到這樣的她，這就像預演一樣。

我不禁苦笑，往前再踏一步。

爾後，我總算跟上繆里的足跡，抵達森林入口。她坐在粗獷的石頭上，抓著一條大冰柱在啃。

從她腳邊堆了三個雙手才抱得起來的圓滾滾雪人，還用樹枝做表情，看得出她等了很久。附近樹上掛了很多，有如一枝枝的長槍。

「大哥哥，你怎麼跟爹一樣啊。」

她指的是沒體力吧。我想這單純是繆里活力太旺盛，但也沒力氣跟她辯了。她不敢置信地看著我喘得上氣不接下氣，將一根大冰柱折成兩半，一半交給我。

「不要吃太多，身體會冷掉。」

平常都是我叮嚀繆里，現在竟然反過來了。

此外，繆里似乎不是隨便亂走，她就坐在登山步道的入口邊。在冬季也不會落葉的針葉林下，有條踏實的雪道。

在這份上，真不愧是流著狼血，在山裡長大的女孩。

「話說，這個地方好奇怪喔。海島都是這樣嗎？」

由於雪已踏實，這條上坡路走起來沒那麼辛苦，況且坡度平緩。這回我沒被她拋下，緊跟在後。而途中，她拋出了這個問題。

「哪裡怪？」

「像那條河就很怪。」

繆里停下來，轉身指去。由於這季節灌木少，即使在森林裡也能看得很遠。見到的是我們一路走來的足跡，和一旁流動的河川。

所以是哪裡奇怪呢？隨後，我發現了。

「……河水的顏色和海一樣呢。」

雪原中，有條細細長長的深藍色脈絡。

「嗯。那大概不是河，而是海。」

「海？可是……」

藍色從河口深入很長一段，與所謂的海灣不同，也不是運河。那蛇行軌道怎麼看都是天然河川。

不過，河水就像靜靜躺在雪原中，正常河川應該會有更多動靜才對。

「真的，就像一條死掉的藍蛇。」

彷彿放棄活動，就只是躺在哪裡。

「而且你看。」

繆里視線返回森林，指著斜前方說：

「到那裡就沒了。」

河川唐突地斷在那裡。自海延伸的藍色水帶邊緣偏綠，掏洗白雪。水沒有注入大海，也沒有流動。

「可能以前是河吧。」

繆里錯愕地轉過來。

「咦？」

表情有如見到山嶺移動。

「很意外嗎？山崩林枯，河川枯竭之類的事其實沒那麼少見。妳最愛的冒險故事裡，不是常發生驚天動地的事嗎？」

聽我這麼說，繆里紅著臉噘起小嘴。

「……我、我又不會以為書裡的故事都是真的！大哥哥，你在笑我對不對！」

這少女降生於世，至今不過十來年。

在溫泉鄉這種幻夢與現實的交界長大，更是讓她難以劃清分界。

「就連山川，都會隨時間產生巨大變化。有時是因為簡直是天譴的天變地異，有時只因為一個小小的原因。世間萬物都不會永遠不變，永恆只存在於神所在的天國而已。」

幾乎所有事物都是沙上樓閣，終有消亡的一天。所以我要在這個無常又殘酷的世界，帶給人們心靈上的依靠。

我很希望繆里能更明白我的理念，可是她一定聽都不想聽。

這麼想時，繆里一點聲響也沒出，且面色十分凝重。

或許在她心中，山川會永遠保持現在的面貌吧。即使見不到龍或巫師，山川也會與她長相左右。

「看來妳又學到一件事了呢。」

我走到繆里身邊，手輕拍在她頭上。

「萬物都會隨時間流轉改變，塵歸塵，土歸土。所以我們要有效利用神賜給我們的這段時間。」

再補上一句「賴床之類的都是浪費」後，我掌下的繆里終於恢復原貌，氣噗噗地說：

「大哥哥真的很愛訓話耶！」

「希望可以有不必訓話的一天。」

「討厭啦！」

繆里嘟起嘴，又往河川盡頭看去，結果膨脹的臉頰突然洩氣了。

她頭也不回地說：

「可是娘也說過同樣的話，所以是真的吧。」

我深感驚訝。

繆里的母親是狼與麥之精靈，被稱為賢狼的存在。已活了數百年之久，也許永遠不會衰老。

因此，賢狼赫蘿即使與她在某村莊邂逅的旅行商人一同旅行且深陷愛河，也依然不斷猶豫是否該以身相許。時間之流絕沒有停止的一刻，對方是人類，轉眼就會死去。

可是他們卻一腳踢開天理，選擇抓緊眼前的幸福。即使那註定會如掌中沙一般從指縫間逝去，他們仍相信曾經擁有幸福的記憶將永遠留存。

那一定是個非常悲傷，也非常煎熬的決定。

而繆里繼承了赫蘿的血，難保不會面臨同樣命運。

繆里並不是凡人。

儘管自己曾誓言永遠站在她這邊，但總有無可奈何的時候。

如同繆里的父親羅倫斯無論如何努力，也一定會有抱不起年輕妻子的一天，誰也敵不過天理。

「所以我呀……」

繆里忽然轉過來，對我笑著說：

「有乖乖聽娘的話，每天都很努力過活喔。」

「繆里……」

那天真笑容即是她的堅強。是她不畏前途黑暗，大步向前的勇氣。

或許，那只是她年幼無知。不過那笑容使我相信，繆里一定能永遠這樣活下去。

「……」

我僵硬地擠出微笑，繆里滿意地點點頭。

「所以，我覺得東西好吃就馬上吃掉，想睡就睡想玩就玩，都是有原因的喔？大哥哥老愛說的那個節制，根本是在浪費時間。」

這傢伙居然高挺胸膛大言不慚地說這種話。

為自己那份感動抱不平的拳頭，一把就敲在她頭上。

「那和妳那種自甘墮落的生活無關。」

「咦咦～？」

繆里大聲抗議，臉頰鼓得誇張。

「大哥哥大笨蛋！」

「我才不是笨蛋。妳不要再用那種歪理瞎扯淡了，對妳真是一刻也疏忽不得。」

「我才不是瞎扯淡咧！」

吵著吵著，我們不約而同繼續前進。

我多少看得出來，繆里平常老愛孩子氣地耍賴，其實是裝出來的。

而且，她有些話藏起來沒說。繼承賢狼之血的她，可能也會被遺落在永恆的時間之流中。所以她說想要什麼就伸手拿，或許真是實話。可是她伸手想要的不是大餐，也不是新奇的玩具。

應該就是我。

至於她為何不說出口，我心裡也有數。

因為說出我不知何時會消失不見而追求我，就等於承認我不知何時會消失不見的事實。迷信的老人們也常說，說出口的話不久就會成真。

身旁繆里一路滔滔數落我腦袋頑固、不懂人心、壞心眼的同時，手仍緊緊牽著我的手。隔著厚手套也能清楚感受到她握得是多麼緊，像個不敢半夜獨自上茅房的小女孩。

我雖不能接受繆里的心意，但身為兄長，陪伴她到不再害怕暗夜也無妨。天理就是這麼回事，只能靠祈禱來對抗，奇蹟不太容易發生。

神的偉大之處，就在於祂能夠顛覆這一切。

千思萬緒地和繆里在積雪山路上走到最後，一道令人有點錯愕的黑色山壁忽然出現在我們眼前。黑漆漆的岩石銳利得甚至讓人感到惡意。不怎麼高，與我身高相當，然而往左右都看不到盡頭。

山路沿著崖壁向河川延伸。繆里對這奇特地形極富興趣，想聞味道似的把臉往裸露的崖壁湊。

「這裡就是國王褲子的界線呢。」

我的意外發現使繆里抬起頭來。

「真的耶，葉子顏色不一樣。」

海上見到的植被變化界線似乎就在這裡。

「高度只有一點點差別就會變這樣啊？」

「嗯……不曉得。說不定有其他原因……」

「例如呢？」

「例如地震啊。」

她沒問我地震是什麼，不過那應該是她沒學過的詞。

「大地有時會劇烈搖動，好像有巨人在踏腳一樣。嚴重的時候，地面還會裂成好幾塊，像這樣錯開呢。」

在我流浪學生時期所抵達最南方的土地上，不時能見到那種地形。雖然人們都說那是惹神發怒的後果，在充滿異教徒的北方卻從來沒聽過任何人談論地震，可見神怒說法不過是穿鑿附會罷了。

「咦～」

不過，繆里的反應很平淡。

「大哥哥偶爾也會相信那種鬼話呢。」

然後是這種態度。

「妳不相信嗎？雖然規模沒那麼誇張，可是我自己也——」

「我看你是喝醉了吧？地面怎麼會搖啊。」

繆里不敢恭維地聳聳肩，沿著崖壁快步走掉了。

這傢伙連海盜銜著短劍吼叫的故事都相信了，怎麼會懷疑這種地方呢？

我無奈地追上去。無論真相如何，都不會改變這奇妙的地形。

愈往河川所在的右側去，崖壁就愈往高處延伸。國王試著把往下溜的褲子拉過肚臍，而我們就走在腰帶上。

與白雪形成強烈對比的黑色崖壁上，有不少地方受粗大樹根掩蓋。倘若斷面是地震所造成，也是好久好久以前的事了。應該能從島上耆老問到一些相關傳說。

這麼想時，繆里在前方停住了。那裡沒有樹木遮擋，在陽光照耀下顯得特別明亮。從道路被踏得很紮實看來，這片林中廣場也許是他們的禱告所。

繆里在陽光中面對山壁，呆呆地張著嘴巴。

能讓她這麼吃驚，究竟是祀奉什麼呢。我跨個大步，從森林踏進廣場。

並為接下來的景象毛骨悚然。

「什麼……」

一隻巨大得難以相信的蛇翹高了頭，彷彿一眨眼就要攻過來。

「這、這……」

我忘記自己人在斜坡上，這猛然一仰使我失去平衡，向後摔倒。

糟糕，我這是在做什麼。趕快站起來，抓住繆里的手往森林跑啊！

但我愈是慌得手忙腳亂，腳被雪絆得愈厲害，想站也站不起來。

好不容易坐起抬頭時，發現巨蛇依然在相同位置張著嘴。

於是我按著狂跳的心臟，急喘著再看巨蛇一眼。

見到的，根本不是巨蛇的血盆大口。

「……山洞？」

這個洞頂高幅寬，說不定能容納整個大商行會館。看似毒牙的部分，其實是倒掛的岩石被樹根或藤蔓包纏所致。積雪宛如白蛇的光滑體表，現在看起來也酷似巨蛇。

嘴裡有點深度，乍看之下像個山洞，不過等眼睛習慣黑暗，看得出來它其實不怎麼深。岩壁和山崖同樣漆黑，凹凸不平的特殊質感，也容易讓人聯想到超自然物體。

「大哥哥，還好吧？」

我太專注於眼前景物，完全忘了繆里也在這裡。

她從頭拍去我身上的雪花，扶我起來。

沒有嘲笑我，多半是因為我慌得太誇張，實在笑不出來吧。

「謝、謝謝。這裡，到底是……」

「有人獻花，所以是用來禱告的地方吧。」

繆里這麼說，並往對應舌頭的地方指去。雪蓋不到的山洞凹陷處有堆小石，且如她所言，上頭供著冬季難得的花朵。

而坐鎮在石堆頂點的，就是那尊黑聖母像。

「為什麼是背對外面呀，有人惡作劇嗎？」

繆里說得沒錯，聖母像是面對蛇口內部。一般供人禱告的神像都是面對信眾，印象頗為奇特。

「說不定裡面有怪物喔。」

既然需要讓具有奇蹟力量的聖母像看守，倒也不是不可能。

「需要我變狼嗎？」

繆里跟著窸窸窣窣地抽出胸前裝滿麥穀的小袋子。繼承了狼精靈之血的繆里，可以用母親給

她的麥子變身成狼。

如果有高到要抬頭望的大蛇爬出來，我也不認為她打得過，不過至少能載著我逃跑吧。

「要是被人看見了，事情會很嚴重喔……」

我這麼說著往洞裡瞧，不覺得有東西躲在裡面。

而且靠近看以後，更能明顯看出這個洞沒有深到有可供藏身之處。

「所以到底在監視什麼呢？」

繆里站到我身旁，注視表情平靜地面對洞中的黑聖母像，納悶地歪起頭。感覺也不像她先前的猜測，被人惡作劇地轉向後方。

「有人在這裡挖寶石嗎？」

「咦？」

繆里突如其來的話使我轉向她。

「你忘啦，這個人偶不是用某種稀有的石頭雕成的嗎？」

這女孩還毫不避諱地用手指點了點黑聖母像。

「……妳說黑玉嗎，可是……」

這裡和我見過的任何礦場都不一樣。採礦都是向下挖，可是這個洞卻是與地面齊平，頂部也高得驚人。與其向上挖，不如從崖頂向下挖來得輕鬆。更何況，我很難想像人們在這裡向黑聖母祈禱是為了從這洞穴挖出寶石。

而且，我總覺得自己曾經見過類似的景象。究竟是什麼呢？

「要不要挖挖看？爹想開溫泉旅館的時候，也是請娘幫他挖出溫泉才開得起來吧？」

繆里心中的七歲男孩似乎蠢蠢欲動，風衣衣襬下有撮銀毛晃來晃去。若揭開兜帽，想必也能見到獸耳。在四面冰海的島上一個頗有蹊蹺的地方，用不可思議的方式供奉黑色的聖母像——這樣的狀況像捅了馬蜂窩似的引爆了繆里的好奇心。

「說不定挖下去以後，水又會回到乾掉的河裡喔。」

「咦？」

繆里邊說邊走進洞裡，踢開腳邊石頭。

我屏息看著她的一舉一動，最後仰望洞頂，再看看黑聖母。

身體踉蹌般傾斜，是因為倒退；倒退，是因為有所預感。

剛從山路踏進這廣場時，我第一個想法是什麼？

洞口宛如一隻大蛇，要攻擊我們。

那麼，黑聖母背朝外設置的理由不就很明顯了嗎？

我應該在某處見過類似景象沒錯。沒有即時想起，是因為它保持了「當時的面貌」。

腳下地面，一步步從黑色礫石變成白雪。再退兩步、三步，我逐漸看清全貌。彷彿隨時要撲

過來的巨蛇之口，如今也像另一種東西。

「……」

假如順流而下的並不是水呢？在此回頭探望，這條河會流向何方是再清楚不過——他們信奉黑聖母的原因也是。

「大哥哥，怎麼了？」

繆里走出山洞，為雪地反射的炫目陽光瞇起了眼。

「大哥哥！」

直到袖子被用力一扯，我才找回現實的感覺。

「沒事……」

我搖搖頭，再次望向山洞。

觀點一度改變，就再也回不去了。我以為自己曾經實際見過，但並不正確。我是聽過類似的故事，而且很熟悉。

「大～哥～哥～？」

我往在眼前調皮揮手的繆里猛然一看，嚇得她退了一步。

接著抓住她的手，轉身就走。

「咦？咦？」

「我發現一件要趕快查清楚的事。」

最後拉著混亂的繆里折返來路。繆里不愧是山裡長大，即使踉蹌也沒有跌跤，很快就跟上速度。

「是怎樣啊，臭哥哥！」

我腦裡全是要緊事，沒心力和滿口牢騷的繆里抬槓。

黑聖母信仰並不是詐騙或迷信，但以信仰而言或許是「假」。

我的工作，是調查這北海地區的信仰與溫菲爾王國的大義是否相稱，能否成為對抗教會的夥伴。

從林木縫隙間，能看見港都凱森。

撕開島嶼的死河，在雪原中抹上一道濃烈的青藍。

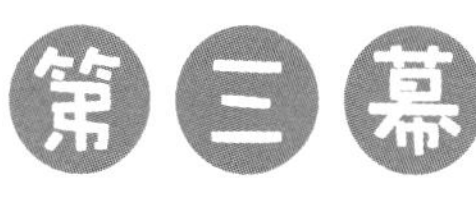
第三幕

我一路直奔林外，跑到雪原時已經喘不過氣，腳也抬不起來了。現實沒有理想那麼美好。在繆里白眼注視下，我燃燒使命感繼續向前。

繆里以為我會在教會休息片刻，但我卻過門不入，直接進港都。

穿越才過中午就幾乎看不見人的中央大街後，我很快就在碼頭找到我要的東西——前往修道院的渡船。

聽萊赫那麼說，我還以為這樣臨時的要求會碰釘子，結果一出聲，碼頭邊聊天的紅鼻子大叔們個個搶著要載，最後靠丟硬幣讓神決定。雖然船資在阿蒂夫足足能買一斤黑麥麵包，不過要渡的可不是寧靜春池，而是一落水就沒命的冰海，我並不覺得貴。船夫自己也冒著生命危險。

船很小，四個大人就能坐滿。不過或許是自稱平常是漁夫的男子功夫了得，小船四平八穩地滑過深色海面。

船很快就遠離港口，他那些朋友起鬨地揮手。

離陸地愈遠，海浪的感覺就愈明顯，港邊完全看不出來。由於船小，人離海面近得伸手可及。

還以為繆里會興奮得大呼小叫，然而她卻臭著臉窩在我身邊。可能是穿越大街時經過香氣濃郁的餐廳卻什麼也沒買，惹她生氣了吧。不過她這樣反而像個忠於工作的助手。

「來拜師的嗎？」

這時，船夫忽然提問。

「……抱歉，您剛說什麼？」

「你們去修士大人那，是想拜師嗎？」

身材結實的船夫額上已布滿汗珠，吐出的氣也是一團雪白，笑得很吃力。

「因為我看你帶了一個小跟班，一副有重責大任的樣子在島上走來走去嘛。」

這裡地方小，他可能是從我上午抵達就開始注意我了吧。萊赫的忠告並不是危言聳聽。

「如果是想找地方蓋新的修道院，我勸你還是早點死心吧。」

語氣並不刻薄，還笑得很爽朗。

「這裡有好多人對我說過一樣的話，想蓋修道院的人真的那麼多嗎？」

船夫划槳的手停也不停地說：

「明顯來看地點的人，每一、兩年一定會有一個。有時候，連商人都會到處勘查。大概是想替熟識的貴族承攬修道院工程，藉此大賺一筆吧。商人一般都是上來買鯡魚或鱈魚的南方人。」

建修道院牽涉到工程、每日物資輸送、載客等生意，不過兒時收留我的旅行商人曾說，和修道院作生意賺不到多少錢。說不定，那是想藉著為修道院犧牲奉獻，來表示對神的崇敬。

驀然回首，船已經離港好遠好遠。也許是因為船小，海中湖感覺特別大。

在海上的忐忑有種特殊的感覺，無論是誰生活在這裡，都會成為一個虔誠的信徒吧。

「教會的萊赫先生有特別叮嚀過這件事。」

「喔，那個千杯不倒的萊赫祭司啊。」

船夫哈哈大笑。

「我的確是因為僱用我的貴族要我勘查土地才來的，不過現在單純只是想見見統御此地信仰的修士而已。」

「你去過山腳的祠堂了吧。」

「咦？」

我為船夫為何知道而驚訝，船夫反而露出奇怪表情。

「如果有人在雪原上走，我們在港口都能看得一清二楚啊。從那座祠堂，也能看見大片海岸。神的教誨不是有句話說，當你注視神，神也會注視你嗎？」

這倒是。回頭一望，島上的山就在船夫背後。而小得像芥子的白點，應該就是蛇嘴洞前的廣場吧。

正好，對方主動提起了祠堂。到修道院見修士之前，有件事我想問清楚。

「黑聖母背對我們，有什麼特別的原因嗎？」

山上植被顏色整齊分成兩段，肯定與那道山崖有關。而且乾枯的河道如今成了細長的海，而山洞就在河道途中。從位置來看，也像是在祈求枯竭的河復甦。

「哈哈，你這祭司真是好學，很難得喔。」

我並不是祭司，而船夫似乎也不是真心當我是祭司。感覺像是他對聖職人員的一貫稱呼。

「南方人幾乎都不怎麼在乎這塊地的故事呢。太好了，就讓我告訴你吧。」

船夫清咳一聲，邊划船邊說：

「事情是發生在我爺爺還是小孩，海底還有龍的年代。」

出了海，風逐漸變強，浪也高了。浪花沖得我瞇起一眼，船夫眺望遠處，用力划動手中的槳。

「我家代代都是漁夫，而造船一定得用木頭。可是我們這裡天寒地凍，樹長得比較慢，跟不上人砍樹的速度。於是各個島上的樹漸漸被砍得精光，好一點的還能長成草原。現在只有凱森有樹，而這種情況已經持續好幾個世代了。」

從阿蒂夫搭船至此的整段航程，的確是只有這座島有長樹。

「我們是靠海吃飯的人，想渡海就非得用上木材不可。所以凱森的樹是我們唯一的依賴，等於是命根子。想不到——」

船大幅搖晃，我急忙抓住船沿，扶住被晃倒的繆里向後一望。島已經模糊不清，只有黑黑的山影隱約浮現在迷濛之中。

「不知道為什麼，我們觸怒了神。」

我一手抱著繆里，一手緊抓船沿看向船夫。船夫深吸一口氣，吐完之後說：

「那座山，噴出了火。」

平時出什麼事都無動於衷的山羊，從早上就顯得很不安分，鳥也飛得很奇怪。雖然和現在同樣是積雪深深的季節，空氣卻暖得像春天。

後來地面鳴動，搖撼的山噴出了火。冰冷的白雪，被溫熱的黑雪取代。河道裡流的也不再是雨水，而是能燒盡路上一切的岩漿，而且直往鎮上流過來。

「問題是，船不夠載所有的人。當時還是個孩子的爺爺幸運地擠上了船，可是船上人實在太多，出海不了多遠。除了在近到能看見留在港邊的人驚恐表情的距離，看著燒起熊熊大火的山等待地獄逼近之外，他什麼也不能做。雖然賴以維生的森林眼看就要燒光，留在港邊的親兄弟也要葬身火海，但至少自己人在海上。岩漿流進又冷又深的海，一定很快就會冷卻凝固。這樣的絕望和安心，幾乎要把他的心撕成兩半。」

如果有船能逃命，本來就應該上船，但罪惡感並不會因此降低。阿蒂夫發生暴動而海蘭賭上性命前往教會時，我們只顧自己逃命是最合理的選擇，海蘭也強烈希望我們這麼做，但我卻差點被無力感和罪惡感壓垮。

「可是，在山的上半部都被火焰吞噬時，人們看見有人穿過雪原，朝山走去。從火光照出的輪廓看來，是一個女人。在港邊或海上的人，每個都以為她是上不了船而自暴自棄。結果當那個人影站到送火下來的河道中央後，奇蹟發生了。」

船夫說得像自己親身經歷，一定是聽了很多遍，聽到完全以為那是自己目睹的事吧。

就連我望著那座島，也能清楚想像當時船上的人見到怎樣的景象。

「從山上往下而來的地獄之火，被擋在了河中間而左右兩分，速度也慢了。幸好當時積了很深的雪吧，分成兩路的岩漿沿著山坡慢慢往下流，被雪冷卻而凝固。凝固的岩漿也成了堤防，把後面的都擋住了。」

那道唐突的崖壁就是這麼來的。能擋住規模那麼大的岩漿，一定是非常巨大的東西，甚至能留下那樣的洞穴。

「雖然山的上半段都燒焦了，下半段卻倖存下來。熔岩都還在冒煙，人們已經迫不及待地往奇蹟發生的地方跑去。在滿地冒煙，到處還泛著火熱紅光的可怕裸岩斷崖另一邊，人們發現了一個大洞。洞就像是地獄的入口，冒出了好多好多的煙，岩漿還像惡魔的胃液一樣從上面滴下來。然後洞口，有一塊黑漆漆的焦炭。」

見到那祠堂時，我有股似曾相識的感覺，難以逝去。

而那並不是錯覺。我出生的那個村落，也有類似的傳說。從前一次山洪暴發時，有個巨大的蛙神現身擋水，拯救了整個村落。這種故事，其實到處都有。

青蛙用身體擋水或許還好，可是出現在凱森的女性所擋下的，可是滾燙的岩漿。

「所以黑聖母……」

船夫聽見我的呢喃而瞥了一眼。

「她解救了我們的生死危機。」

說完，船夫往腹圍輕輕一拍。原以為裡頭塞了短劍等工具，但現在看來肯定是黑聖母。

「雖然我們賴以維生的樹木少了一半，可是從那天起，漁獲突然多得可怕。然後，或許是黑聖母的遺贈吧，我們還發現了煤炭礦脈。於是爺爺他們拚命工作賺錢，從外地買木材回來，完全不碰島上的樹。多虧於此，總算是今天留下這麼一座像樣的森林，不過顏色就像那樣分成了兩截。」

原來森林顏色的差異主要不是因為環境，單純是樹齡不同。

「修道院就是那時候建的？」

「對。」

我轉回前方，發現原本小如豆粒的岩塊已近在眼前。

如兩枝角伸出的窄小岩縫之間，有個石造建築窩在裡頭。

岩塊上有條不太牢靠的棧橋，繫著一隻小船。

若想遠離俗塵專心禱告，恐怕沒有比這更好的地方。

「聽說我爺爺的爺爺他們當初蓋這座修道院，是為了政治因素。因為那年代和現在大不相同，還是教會和異教徒認真打仗的時代。」

教會曾為討伐異教徒而踏血進軍北方，時間長達一個世代以上。從這地區至今仍遭受眾多懷疑目光看來，當時必定更加嚴重。

「可想而知，如果在這裡建教會，大陸人就會過來討稅金或裁決權有的沒的。所以我們就只是在絕對住不了人的地方蓋了個小修道院，暗示我們雖然皈依教會的教誨，但不願接受外來統治。」

的確，不設立管理者便難以掌控。海蘭說過，教會曾多次嘗試將這區域納入版圖，但因為險阻重重而作罷。

他們現在的生活就已經夠拮据了，想必無力繳納什一稅等教會制定的稅金。

話雖如此，他們仍是十分頑強的一群人。

「想學教會的教誨，只要請商人們帶來祈求旅途平安的聖職人員教教我們就行了，所以修道院也是長年空在那裡……現在這個修士大人，大約是二十年前來的。」

這句話倒是讓我很意外。

「那時候距離從船上拿劍往海裡刺就能刺到魚的大豐漁時代已經很久了，煤炭產量也開始下降。有些人認為應該要動用凱森的樹木多蓋些房子增加島上人丁，以擴大礦坑規模或多造些船捕更多的魚，不然這座島撐不了多久，可是我爺爺他們爭論了很久都沒結果。在這時期的某一天，一個漁夫發現有人划著破船登上那塊岩礁，靜靜坐在那裡。」

修道院已經近到能看見窗後擺設了。

「聽到這消息，每個人都很吃驚。這也難怪，外地人獨自划小船到這海域來，簡直是在玩命。後來修士大人告訴我們，他是很久以前從這裡被賣到南方作奴隸，一次機緣之下碰到主人手上的黑玉，他腦中便突然浮現了這個地方。而那塊黑玉，據說是聖母的碎片。於是他就順天啟的引導划著小船，一路漂流到這裡，說是為了肩負起這地區的重擔而來。」

船夫停下划槳的手，打起繩結。是準備要將船繫在棧橋上吧。

「他身上只裹著一件破衣，什麼食物也沒有，但是有成堆的黑色聖母像。我爺爺他們相信他肯定是聖母的使者，所有問題都交給他定奪。」

船隨風靠岸般接近棧橋，船夫拋出繩圈套住木樁，把船拉過去。

「一定就是聖母身體的一部分，引導修士大人來到這片土地。」

「聖遺物啊……」

我不禁低語。

聖遺物包含聖人的衣物或其部分遺體，種類繁多，且有個奇蹟故事。人們相信聖遺物特別靈驗，充滿神力，能驅除惡魔或疾病。有很多人會向它們祈求奇蹟，還有商人專門買賣聖遺物。

我只聽過故事，沒見過實物，而絕大多數都是編造出來的吧。

當然，我不認為黑聖母的故事是無中生有。這時，船夫有點尷尬地笑了笑。

「我爺爺和長老他們的黑聖母像，都是用聖母的碎片刻的吧，至於我們這些年輕漁夫的就幾乎是其他島上的黑玉了。若是凱森的礦坑挖出來的黑玉，還能堅稱是聖母的碎片，然而看得見的煤礦都已經挖完了。雖然都是修士大人親手刻出來的，但總歸不是黑聖母的碎片。不過呢，這也就夠了。到我兒孫那代，就非得從從其他國家找黑玉不可了吧。儘管黑聖母的保佑應該不會比較少……感覺還是有點鬱悶。」

約瑟夫也曾悲嘆礦坑的沒落。

船夫以絲毫不覺鬱悶的紮實動作，將船牢牢固定在棧橋上。

被海浪沖得泛黑的棧橋，連接著看似不太能住人的岩礁島。

「好，能下船了。」

船夫將一腳跨在棧橋上拉繩，是為了減緩海浪搖晃船的幅度。我感謝著他的用心，登上了棧橋。

「謝謝您送我一程。」

「哪裡。我們平常沒事不能隨便接近這裡，我還要謝謝你替我製造機會呢。」

船夫笑著從腰帶底下取出小小的聖母像。

「只要在這禱告，可保往後十年無病無災啊。」

他樣子像在說笑，但感覺上並不是。

找船送我來修道院時，他們搶著載我為的或許不是船資，而是來這裡參拜的機會。可能是大家的信仰都很熱切，若不定個規矩，這裡就會人滿為患吧。

「那麼，等你和修士大人聊夠了，麻煩再到碼頭上露個臉，我要照規定先離開了。要是我在這裡偷禱告，會被島上的人唾棄呢。」

船夫撿了便宜似的笑。

「知道了。」

他再次將黑聖母像按上胸口，向修道院一鞠躬後便解開繩索，跳上船離去了。

風與浪不斷拍打岩礁，寒冷從腳底奪去我的體溫。

船夫那些話，也乘著這份寒冷沁入我心。

聖母拯救凱森島的故事，幾乎不出我所料。從島上人們的生活，我也多少能感受到，他們是受過具體幫助才會把黑聖母當聖母一樣信奉。

最後的問題，就是修士了。

「……大哥哥，你發現啦？」

可能是因為我不去教會休息，又不進港口的餐廳坐坐吧，繆里眼裡帶著火。

抑或是認為非人之人的事應該先和她談談，所以才生我的氣。

「我說過我出生故鄉的故事吧？只是，我在那邊還不怎麼確定。」

「畢竟沒有烤肉味嘛。」

見到我錯愕的樣子，繆里嘻嘻賊笑。才想訓她要尊重死者，她的臉卻突然嚴肅起來。

「她應該是娘的同類吧。」

沒說「我的同類」，也許是因為她變成狼也不怎麼大。她母親赫蘿可是能一口吞下整個人的巨狼。

「可是，娘也完全不夠擋呢。」

的確，即使是賢狼也填不滿那個洞。

「該不會是『獵月熊』吧。」

繆里臉上滿是藏不住的興奮。「獵月熊」是殘存於大陸各地，偶爾現蹤於古代神話的毀滅化身，很可能是曾經確實存在的精怪一類。體型大到能坐在山稜上，伸手抓取月亮。他們的銳爪屠戮了許多精靈，甚至能撕裂大地。傳說他們到處肆虐，最後往西方海域移動，再也沒人看見。

假如獵月熊救了這座島的人之後便化為焦炭，就能解釋為何下落不明了。

然而，我想知道的並不是黑聖母的真面目。

繆里似乎也明白我的想法。

「所以，你這麼急著趕來這裡是為什麼？」

「倘若黑聖母是非人之人，那麼這地區的信仰有四種可能要考慮。」

彷彿隨時會塌的棧橋盡頭，有一棟建造在基本上不會有人接近的岩礁上，用樸素稱呼都嫌奢侈的簡陋石屋。

「也就是，島民究竟是明知她是非人之物還把她當聖母崇拜，還是真的相信那是神派來的聖母所降賜的奇蹟。」

浪聲和風聲，使潛聲說話的我連自己的聲音都幾乎聽不見。

「以及雕刻黑聖母像的修士知道奇蹟內容的情況，和不知道的情況。」

繆里聽完就聳個肩，一副不敢恭維的樣子。

「大哥哥，你每次都很愛在奇怪的地方計較耶。」

繆里錯大了，這是很重要的事。

假如島民和修士都真心相信聖母的奇蹟，事情是最單純。畢竟過去發生的事已無從證明，而他們都是皈依教會教誨的人，值得相信。但若島民或修士有一方相信奇蹟其實是由非人之人引起，並不是神的奇蹟，事情就完全不同了。

想拉攏單純佯裝相信教會教誨的人成為對抗教會的戰友，我們就得對他們的欺瞞視若無睹。

可是聽船夫的語氣，這地區的人不相信教會權力，卻又對信仰極為真摯。

這麼一來，我就得查清此處的信仰主幹——雕刻聖母像的修士信仰真偽。

其他的不說，在信仰這方面，我有自信立刻看出對方是否造假。修道生活的每一刻都是與自己的戰鬥，若有絲毫欺瞞，馬上就會露出馬腳。例如衣不蔽體，指甲縫卻乾乾淨淨的人，絕不可能以嚴苛的節制生活折磨自己。

「可是大哥哥，問太多會被人討厭耶。」

在旅人群集的紐希拉出生長大的繆里說得一副很懂的樣子。

「我非得確認這片土地的信仰是否正確不可。」

一陣特別強的風颳過，幾乎要把我吹跑。繆里閉起兜帽下的眼睛，撥開瀏海。

「因為你所謂的使命嘛。」

繆里聳聳肩，用手套掩鼻。

「不說那個了，這裡好冷，會感冒。至少找個石頭擋一下嘛。」

即使習慣了紐希拉的雪山氣候，這裡的海風卻截然不同。我們互相依持著走過棧橋，踏上岩礁。這裡小到實在算不上島，只有擺一個小屋規模的建築物，和四、五個成人圍圈烤火的空間。可能是漲潮時段吧，波浪都快衝上我的腳，一颳風就是滿臉水花。無論如何，從這裡都不可能游到島民所在的港，搖旗吶喊也看不見吧。

假如修士真的在這種地方嚴守起居戒律，他的感覺恐怕異於常人。

好比聖經中隱居沙漠的傳奇隱士。

「繆里，妳在那個凹洞等等吧。」

我將聲音壓得更低，不是因為有祕密企圖，而是在修道院必須保持靜默。

「為什麼？我想看裡面長怎樣。」

她當然是抗議了，而我也挑明地講：

「女人不能進修道院，這是對信仰的敬意。」

繆里原想反駁，但可能是從表情看出辯不倒我，嘴不平地抿成一線，把頭甩開。

「我去去就來。」

我拍拍她的肩，換來一聲長嘆。等繆里坐下，我才往修道院走。路上回頭瞥一眼，發現她很刻意地抱腿縮成一小團，於是嘆口氣折回去，將自己的圍巾往她領口塞。被羊毛圍巾蓋住紅通通的鼻子後，繆里擺出「沒辦法，就原諒你吧」的表情。

接著，我再次接近石造小屋。整棟屋子看不見任何奢侈的痕跡，大城鎮商行後院的置物室差不多就是這個樣。最多只有兩個房間，且空間是否能讓成人放鬆躺直都很難說，就各方面而言都與舒適無緣，令人很懷疑這裡到底能不能住人。

可是，單純在牆上留個洞，貼上油紙構成的窗口透著燭光。

連門板都沒有的入口，垂掛著鯊魚之類的皮。

我用手撥開冰冷粗糙的皮，裡頭就是禱告室。

入口正前方的牆上架了個小棚，兩側燭台點著火，黑聖母像坐鎮中央。儘管克難，那應該就是祭壇了。

在這個沒有任何美感可言的房間中，我發現一個怪異之處——祭壇下，是一片海。

或許是因為室外光線，水色由藍轉綠。牆壁的遮擋使水面沒有起伏，但明顯與外界海水相連。修士該不會是浸在裡頭禱告吧，光想就讓我頭皮發麻。彷彿浸到最後，會直接被吸進極寒的海裡。

「有事嗎？」

這時有人冷不防出聲，嚇了我一跳。

我連忙轉頭，見到一個骨瘦如柴，鬚髮披散的男子從鄰房注視著我。若在鎮上見到，我肯定會誤認為乞丐。

不過他的手黑得像塗了顏料，表示他就是這岩礁上雕刻黑聖母的修士。

「抱、抱歉打擾。」

我端正姿勢，手按胸口鞠躬。

「我名叫托特·寇爾，立志從事聖職。」

彎腰時見到的手臂，讓我看傻了眼。海水與汙垢使他的皮膚有如皮革，不像人的手臂，簡直是木雕。抬起頭，從眼瞼間見到的雙眼也彷若飾物，感覺不出情緒，就像面對野鹿一樣。

「為、為了增廣見聞，我想請教您一些黑聖母的事。」

我兩腿打顫不是因為寒冷，而是修士不僅只穿破衣，還打著赤腳，讓我對穿得密不透風的自己羞愧不已，完全被他震懾。

隨後，修士開口說：

「真主虔誠的忠僕啊，我不過是日夜獻禱的一介塵埃。雖然神要我們與他人分享，但我實在什麼也沒有，連杯熱水也端不出來。」

鬚髮遮住整張臉，只看得見眼睛的修士不像有任何為難，彷彿是在憐憫我。

「在港口報上我的名字吧，這裡的善良百姓一定會善加款待你。」

修士自稱歐塔姆。

我怎麼也無法問他信仰是否正確。

他身上有某種力量使我開不了口。

「南方的旅人啊，這裡就只有禱告而已。」

淒涼佇立的歐塔姆，紓解凍僵的筋骨般徐徐開合他黑壓壓的手。其背後，有尚未雕完的聖母像和少許工具。

約瑟夫說黑聖母像全是他一個人所刻。究竟需要多高的耐力，才能在如此寒冬，海風吹襲的石造小屋裡雕出那麼精緻的人像，我全然無法想像。即使有暖爐烘手，在冬天抄寫經文也讓我苦不堪言。

我試著想像歐塔姆雕刻聖母像時的情境，交換立場。

他這麼做，無非是在刻蝕自己的生命。

從咽喉深處擠出的話，不是發自敬意。

而是近似恐懼的感覺。

「可以……」

我勉強拉直顫抖的聲音，問道：

「可以請教您一件事嗎？」

歐塔姆以野鹿吃草般的眼神注視我，緩緩閉上雙眼。這是準備姑且一聽的意思吧。

「請問，究竟是什麼在支撐著……您的信仰？」

有些人喝酒泡溫泉，一臉色瞇瞇地看著舞孃裸露的胴體，卻擁有無與倫比的神學知識，其訓斥足以撼動人心。一旦穿上僧服，當場就是以嚴苛節制自我約束的神之忠僕。要批評他們馬虎苟且不是不行，但神也沒有禁止聖職人員偶爾放鬆。

可是歐塔姆不同。

他的眼神像頭只吃草的鹿，但又否定自己吃草的行為。

我很想知道是什麼造就了這樣的他。

「問這做什麼？」

聽起來像惡魔的囈語，是因為知道對方並不在乎我。

儘管如此，我還是鼓起勇氣問出口。

「我想知道信仰的真諦。」

連我都想笑自己不過是個吃得飽穿得暖的小鬼，憑什麼這麼問。我到今天才領悟，自己只是站在淺灘就自以為知道海有多深。這世上，原來有人的信仰能強到這種地步。

但是，我認為機不可失。我從歐塔姆身上完全感受不到對生命的執著，若此刻不伸手求教，恐怕他轉眼就會消失在我再也無法觸及的高峰。

「信仰的真諦？」

鬍鬚底下傳來歐塔姆的呢喃，肩膀晃了晃。

我花了一段時間才注意到他在笑。

接著他徐徐睜開雙眼，但沒看我。是因為我可笑嗎？

「信仰，是我的救贖。那麼是什麼支撐著我，自然很明顯了。」

轉向我的那雙眼睛，是殉教徒的眼睛。

「就是罪惡感。」

那瞬間，歐塔姆整個人都變了——他的氣息變化之大，甚至讓我這麼想。原本植物般平靜的他，如今渾身迸散著比海更深的憤怒。

我的腳抖得不能用錯覺自欺，連呼吸也成問題。

倘若這份怒氣是針對自己的罪愆，他的作法根本不是悔改二字可以道盡。歐塔姆是徹底憎恨自己，像頭激烈狂暴張牙舞爪，在水中掙扎的獅子。

當我被震懾得說不出話時，歐塔姆大力關上了他的心門，其氛圍也霎時從凜冬轉為暖春般恢復原狀。最後他小聲地說：

「當然，那並不是我信仰的一切。若能在神的恩寵下幸福生活，單純感謝神的恩寵也是很好的信仰。」

歐塔姆的眼神，似乎是表示那句話並非哄騙。

但嘆息之後，深海般的色彩已返回他眼中。

「我是個罪人，因此——」

歐塔姆乾咳一聲說：

「我不會和溫菲爾或教會合作。」

雖然不至於大叫，但我錯愕得身體幾乎要發出聲音。

在我發愣時，歐塔姆又開合了一次手。

「這裡是不貿易就活不下去的島，有很多消息靈通的商人，阿蒂夫發生暴動的消息也傳來了這裡。而且兩者的衝突已持續將近三年，差不多該有動作了。」

他的口吻，就像高高在上的賢者特地爬梯子下來開導我一樣。

「既然你是德堡商行介紹來的，應該就是溫菲爾的使者吧，不是嗎？」

他居然懂得這麼多。我心裡一涼。還以為他是個遠離俗世的修士，在四面石牆的神之家園日復一日潛心禱告，不問世事。

「無所謂，我也明白你不能回答的苦衷。可是……」

就在歐塔姆說到這裡時——

「走、走開！」

外頭傳來繆里的叫聲。

「放開我！聽到沒有！」

我疑惑地往歐塔姆看，而修士以感到風變強了的表情茫然望向入口。

即使知道失禮，我仍轉身就往外跑，並當場愣住。繆里所在之處有幾個怎麼看都不是善類的男子，其中一個抓著繆里的手，當作剛打到的獵物般提在半空中。

而他們與岩礁的另一頭，有艘形似海上刀劍的船。

「你、你們是——」

話剛出口，我才想到自己才算是入侵者。

這裡是凱森的聖域，島民也不敢擅自接近的地方。

「放開她，他們是我的客人。」

聲音來自背後。歐塔姆一現身，大漢們便立刻放下繆里，當場跪下，行臣子之禮。

獲釋的繆里碎步跑來，抓住我的腰。

「怎麼了嗎？」

歐塔姆簡短地問，一名男子答道：

「有事要勞駕您一趟。」

聞言，歐塔姆的吸氣聲較原先長了一些。

「知道了。」

男子們隨之站起，讓路給歐塔姆。

他們怎麼看都是海盜，且服從歐塔姆。

那麼答案很簡單。

這裡是這島嶼地區的信仰中心，也是──

「你叫托特·寇爾是吧。」

起步前，歐塔姆說道：

「來看看我的罪是多麼深吧。」

他要我去見識是什麼造成了使其信仰堅如磐石的罪惡感。

「然後，為了這座島好，你就快點走吧。」

歐塔姆不等我回答就往海盜讓出的路走去。

即使他瘦得像枯枝，在寒風中卻沒有一絲搖晃。

在棧橋等待的海盜做起送歐塔姆上船的一切準備，其餘的則緊盯著來自南方的入侵者。

並非出自敵意，純粹是看外地人的目光。

「聽見歐塔姆大人說的話了吧？」

其中一人這麼說。拒絕恐怕會招來惡果，我也不是不好奇他們要做些什麼。修士成了海盜的頭領，因罪惡感不斷禱告。那雙因為雕刻黑聖母像而染黑的手，難道真是沾滿了罪惡嗎。

為了對抗墮落至極的教會，溫菲爾王國急需戰友。

我有必要知道這個由罪孽深重的修士所佈教的土地，究竟發生過什麼事。

「謹、謹從天意……」

好不容易出聲後，他們沒有表現出任何感慨，默默向船移動。棧橋邊繫了好幾隻小船，準備載我們到停泊在稍遠處的大船。送我們過來的船夫，表情擔憂地遠遠看著我們。

「如果我是鳥就好了。」

繆里喃喃地說。

的確，那樣或許能夠逃離這裡。

「可是，也有不能逃避的時候。」

「……？」

繆里不解地看來，同時一名海盜默默指向空船。

我跟著牽起繆里的手，乘上那艘船。

然後繆里按著胸口說：

「大哥哥，需要就說喔。」

是指變狼吧。

我很感謝她的心意，但不覺得那能解決問題。

因為，專為解決無法溝通的事而存在的海盜，肯定是遭遇不能以暴力解決的困難才會求助於修士。

歐塔姆究竟要給我看什麼呢？

兩側伸出許多長槳的大船在其窄細體型的影響下，看起來活像一艘骷髏船。

這種船名叫槳帆船，自古因專由奴隸或囚犯划槳而聞名，速度極快。

中午早已過去，加上天上堆起雲朵，冬季白天又短，海上陰得詭異。

強風吹得白浪遍布，甲板上無人呼喊或歌唱，所有海盜都是默默划槳。歐塔姆坐在船頭，頭低垂得像個準備上絞刑台的死囚。

我和繆里被丟在後方甲板，沒人看守，手也沒綁在背後。總之就是漠不關心。

或許他們只是恪盡職守，不過熱衷於工作的工匠也會哼個行歌。

而他們的表情，訴說的完全是另一回事。

「好像幽靈船喔。」

繆里嘟噥道。應該是從紐希拉的泉療客聽來的吧，還真是像極了。在我看來，這的確是所有人都要扼殺自身情緒，只有死人能搭的船。

直線穿過海中湖，駛入圍繞湖邊的群島後，波浪突然平緩，風也減弱了。提起長槳，入海划水又提起來的一連串動作，宛如異教徒的儀式。

船飛也似的在島與島之間穿梭，速度完全不是我們在阿蒂夫搭的船能比。這使我明白，溫菲爾王國在對抗教會的過程中，這樣的戰力協助何方將是一大關鍵。同時，正由於歐塔姆知道自己是舉足輕重的戰力，才會豎耳聆聽石屋外的風聲。

可是，歐塔姆表示不會協助任何一方勢力。

是因為信仰，還是有其他理由呢？

繆里按著胸前的麥穀袋，不敢鬆懈地注意周遭。在她身旁的我，則因為忐忑而緊握胸口的教會徽記。

從頭到尾只有划槳聲的船陸續經過幾座小島，每座都是光禿禿的，沒半棵樹。要是凱森島噴出的火燒掉了整片森林，這地區早就滅亡了吧。

他們對聖母的感激絕不誇張。

不過，那會造成罪惡感嗎？有人會為了讓聖母獨自犧牲而懊悔至今嗎？歐塔姆是為了贖怎樣的罪而不斷雕刻那些黑聖母像呢？

這時，甲板上有了動靜。人在船頭的歐塔姆身邊不知何時站了兩個海盜，一個舉著大盾，一個手持大木槌。海盜們停止划槳，船順勢緩緩滑過海面。

不久，木槌敲在盾上。咚——！咚——！巨響聲聲迴盪。

「那是攻擊的信號。」

繆里可能聽過這方面海盜故事，說得很肯定。

在連續擊盾聲中，其他人也都抄起武器。轟！船猛然一震，也許是船底撞上了海底吧。吃水很淺，海盜們一個個跳下船。

沒人要我們跟著跳或待在船上，被當作不存在的人，有如置身惡夢。

詭譎的灰暗天空下，我往身旁繆里看。

「應該不會發生值得高興的事吧。」

鼻子紅得滑稽的少女瞇起紅得像森林精靈的眼。

「放心。有我陪你嘛，大哥哥。」

「……我就是在擔心妳耶？」

繆里的笑容讓我苦笑著站起。因為當我在港都阿蒂夫為卑猥暴力的暗夜沮喪時，反而是她扶持著我。

海盜們幾乎都上了岸。這是個不堪一擊的貧窮小村，只有幾間看起來隨時會塌的破屋。海岸邊底朝上放置的漁船各個都長滿海藻或貝類，彷彿用點力就能踩破。

肅殺氣氛中，只有放養的山羊傻呼呼地到處走，但那無謂的模樣在這當下倒也有萬念俱灰之感。

即使海水冰得一踩下去就像被狠咬一口，我仍抱著繆里跳進淺灘，牽手上岸。

緊接著，前方響起撕心裂肺的吶喊。

「求求您！繞了我們吧！」

我嚇得彷彿在黑白夢境中赫然見到一大灘血紅。紐希拉是享樂的溫泉鄉，醉漢喧鬧是天天有，但聽不見人沒命地哀號。

在旅途中偶見的城鎮路口處刑現場，也難得這麼淒厲。

聲音來自其中一間破屋。

「饒了我們吧！一定、一定是哪裡弄錯了！」

要是有哪個海盜罵個兩聲，感覺一定會比較好吧。至少，那還是人與人的對話。

可是，在場所有人都一聲不響，只有一名中年男子竭力哭叫。

意想不到的發展使繆里呆若木雞，眼似乎都忘了眨。

或許，無論她說什麼，我也不該帶她來的。

「繞了我們吧……歐塔姆大人……」

哀號聲中，聲音的主人被拖出了破屋。海盜一左一右地架著他，似乎連自力行走都無法如願。

我原想制止這暴行，但就在身體動作時，發現男子右腿上架了木條。

看來場面雖然暴力，可是他們並沒對他使用暴力。

然而見到那名老實樣的男子被拖出屋外，趴在地上哭叫的樣子，仍然令人心痛。

而且他的手，抓的是修士歐塔姆。

「我是為了完成我的使命而存在。」

歐塔姆短短這麼說，視線投向破屋中。

晚一步出來的，是個年紀比繆里更小的女孩，態度順從。

「這地方能養的人就是這麼多。既然你那隻腳不能出海捕魚，就有人要離開這裡了。」

「喔喔喔……！席拉！席拉！」

男子呼喚女孩的名字，像是父女關係。女孩即使為父親的哀號表情糾結，卻不願握住他伸出的手。

「歐塔姆大人，席拉是我的獨生女，我只剩她這個家人啊！求求您饒了我們吧！」

歐塔姆連頭也不搖。一名海盜催趕女孩前進，而女孩儘管有所躊躇，但還是拋下心碎的父親，漸行漸遠。

「我的腳一定會好！可以繼續捕魚！要挖炭沒問題！我現在就去撿琥珀給你們看！」

那樣的辯駁，比黎明時暖爐中的餘灰還輕。

現在礦產銳減，琥珀又得在會凍暈人的及腰冷水中彎腰淘洗。

既然腳受了重傷，擺明什麼也做不了。

不過，海盜帶走那少女是要做什麼呢？

「所以，拜託、拜託……別送我的席拉去當奴隸……」

我吃驚得全身緊繃。

這裡就是世界的黑暗面，那一半的一半。

這是奴隸買賣的現場經過。在這個缺乏資源的地方，勞動人口和扶養人口的比例應有嚴格限制吧。這個父親，就是因為受傷而從扶養者淪落為被扶養者。

既然椅子有限，就非得有人讓位不可了。

而那就是弱者，這個年幼的少女。

我呼吸變得短促、發燙。既然是這地區的規矩，我或許是愛莫能助。

可是這樣做真的對嗎？讓這個自稱修士的人決定這種事真的好嗎？

席拉就此跟隨海盜，趕赴死地般踏入海中。一旦被賣到外地作奴隸，恐怕是再也無法活著重返這片土地。

心跳快得刺痛。我很清楚，這裡沒我說話的份。插嘴就等於與海盜為敵，甚至給溫菲爾王國造成麻煩。我不該為了自己渺小的正義而影響到整肅教會，重塑正當信仰這麼一個遠大目的。

然而，我還是無法忍受這種事。托特，你是為何離開紐希拉？你不是下定了決心，即使面對高聳如山的巨大對手也要當面指責其不義之舉，讓這個世界變得更好嗎？

既然我自認是秉持正確信仰服侍神的人，我有義務站出來指責這件事。

但我也明白，無論大道理說得再多，也改善不了任何這地區的困境。治不好漁夫的腿，增加不了島上的資源，也換不來少女賣身所得的金幣光輝。祈禱百無一用的場面，就這麼攤在我眼前。剩下的，就只有信仰罷了。歐塔姆會讚揚漁夫吞忍之高貴嗎？一想像這麼胡來的作法，我的腳就不禁顫抖。這個剛失去女兒的漁夫，怎麼會接受主使者所說的神之教誨呢？

難道他們對歐塔姆——對黑聖母的崇敬，真的高到這種地步？

在令人忘了呼吸的緊張氣氛中，歐塔姆開口了。

「你就恨我吧。」

隨後，歐塔姆又說了一次「你就恨我吧」。

「我會為償還這罪過而祈禱，為求神保佑這群島長久繁榮而祈禱，為你的健康和你女兒的幸福而祈禱。」

歐塔姆當場跪下，在胸前交握雙手。茫然得哭不出聲音的男子頓時猙獰暴怒。

「你還好意思說這種話！」

喀！一道駭人的聲音響起。畢竟男子原應是漁夫，現在只是腳受傷，臂力沒有減退。他揪起歐塔姆的鬍鬚，往臉頰就是一拳，鬍鬚扯掉了就抓頭髮繼續揍。

與木頭敲擊岩石完全不同的可怕聲音，響遍陰暗的窮漁村。

男子甚至騎到歐塔姆身上，唏哩嘩啦亂揍一通。

沒有任何人阻止他。海盜只是圍著他們，其他村民也只是從破屋門口探出頭來，惶恐地觀望。

不知打了多久，男子氣喘吁吁地提著拳頭，停下了動作。

「我會……」

歐塔姆躺在沙地上說：

「為你女兒和你的幸福而祈禱……背負所有人的罪過並求神寬恕，是我的工作。」

咚。這一次，是拳頭砸在歐塔姆臉旁沙地的聲音。

「……嗚嗚嗚……」

男子伏在歐塔姆胸口痛哭，海盜這才拉開他。

歐塔姆不藉任何人攙扶地自力站起，儘管有鬚髮的遮掩，在風吹拂下仍可見一道道血痕。站在那裡的，是個以罪為食糧的動物。他親自吞食非有人收割不可的罪，如老山羊般消化、反芻。

雖然聖經上說神願意寬恕罪人，但我從來沒有這樣的想法。那聽似深有道理的說詞，在我看來恐怕是恣意曲解了聖經的意思。

但那仍是無與倫比的犧牲精神，迸發著不容質疑的信仰之光。

歐塔姆目送海盜帶男子回破屋後小聲說道：

「走吧。」

海盜聽從指令，魚貫返回船上。

面對此情此景，我一步也動彈不得。海盜踏過沙灘的沉默跫音，彷彿雪山傳說中亡靈傭兵部隊的行軍。

海盜全部通過後，歐塔姆來到我面前。眼神不帶一絲責備或嘲笑，更沒有辯解的意思。

就只是以極其孤寂的眼神看著我說：

「假如我的罪能夠拯救這群島，再多我也願意背。」

他的唇破了好幾處，一片血紅。

「這群島，被擺在一傾斜就會覆滅的天平上。想保持平衡，總有不得不斬下那把劍的時候。聖母在這裡留下了奇蹟，我無論如何都必須守護這裡。」

只懂在溫泉鄉看書的小鬼，完全沒資格和他辯駁。

當歐塔姆向旁移開，我幾乎要腿軟跪地。

歐塔姆側眼瞥來，又說：

「我已經很幸運了，因為神會寬恕任何罪過。」

他話一說完就向前走，蹣跚而不倒，不需任何人攙扶。

繼續背負一切罪過，全心禱告。由於歐塔姆願意代替黑聖母自我犧牲，維持這地區的生計，島民才會如此崇敬歐塔姆。

「這位旅客。」

一名海盜向呆愣的我說：

「我們會派另一艘船送你回港口。」

我連答話的力氣也沒有。

用僅存的力氣牽起同樣啞口無言的繆里後，我們上了小船，直接回到港口。

抵達時，天已經黑了。

所幸晴空萬里，明月高照。我們走在映照蒼白冷光的雪上，返回教會。

這島嶼地區，遍布著貧窮與罪惡感。

而這個南方商人所建立的據點，卻充滿溫暖的燭光。

即使醒來，我仍覺得自己身陷惡夢。彷彿根本沒睡過，就只是那片陰暗海灘的經歷不斷在眼前反覆重演。

才剛睜眼，頭就像重感冒而昏睡到第三天早晨那樣又沉又痛。

忘不了當時歐塔姆的眼神，使我有吶喊的衝動。

我的決心可有深到能為信仰那樣犧牲奉獻？我會不會只是看了幾本書，就自以為什麼都懂了？

歐塔姆的眼正凝視著我，即使我閉起眼也緊追不放。那雙彷彿被整個世界放逐，宛如冰海深淵的眼睛，無時無刻不緊盯著我這個來自溫泉鄉的傻小子。

饒了我吧。是我不知天高地厚，只知道這世界一半的一半。

饒了我、饒了我……

這幾個字和漁夫毆打歐塔姆的聲音在我腦中環繞不去。

地面搖晃不已，遠處傳來別種聲音。在我覺得世界要毀滅了的那一刻，聲音忽然清晰。

「大哥哥？你還好吧？」

心跳快得刺痛，全身汗流浹背。

「大哥哥？」

繆里再次搖搖我的肩，讓我明白是她叫醒了我。

但這次真的醒了嗎？

我以鼻子呼吸，試圖鎮靜自己。熟悉的淡水氣味，告訴我外頭正在下雪。房裡暗得出奇，表示雲層積得相當厚。

繆里搖醒我之後坐在床邊，可能原本正忙著梳頭，手上抓著梳子。

「大哥哥，你臉色好糟喔。」

她無奈一笑，伸伸懶腰並從擺在牆邊的行李拿皮水壺給我。

「喝點水吧？」

我跟著接下大灌一口冰得醒腦的水。喝了水之後，才發現喉嚨有多乾。

「妳……」

「嗯？」

歸還水壺時，我問：

「妳有睡好嗎？」

這問題讓也想喝口水的繆里動作戛然而止。

見我苦笑，她喝完水再說：

「你不要老是擔心別人好不好。」

繆里蹲下來把皮水壺和梳子收回行李，然後直接向後一跳，一屁股坐上床。

「哇噗！」

她的銀色尾巴因而用力拍在我臉上。

繆里的香氣中，摻雜了些微硫磺氣味。

「繆里，妳還不是老是——」

背對我坐在床角落的繆里轉頭顯露的表情，讓我說不下去。

那是種哀傷的成熟笑容。

「大哥哥。」

繆里轉回前方伸直雙腿，腳跟敲在地上。

「我們還是回紐希拉算了吧。」

說完，她又轉過頭來。

「我看你很難過的樣子。」

吧。

繆里伸手輕碰我額頭。好小好冰的一隻手。

「你呻吟了一整個晚上耶。不過我只要摸摸你的頭，你就會平靜一點。」

她用纖細手指梳弄我的頭髮。我有那麼一下子信以為真，不過從她偷笑看來，應該是開玩笑吧。

不過我仍依稀留有她在夜裡這樣梳我頭髮的感覺。是在阿蒂夫的時候嗎？

繆里看著自己的手，用手指一次又一次地梳我的頭髮。

一會兒後才終於滿足，放開頭髮戳我臉頰。

「回村子去吧？」

阿蒂夫發生暴動時，繆里也曾這麼說。那裡是我們逃離醜惡現實的避難所。

「如果妳自己想回去，我倒是贊成。」

我坐起僵硬的身體。儘管腦袋非常昏沉又隱隱作痛，寒氣仍收緊了我的思緒。

「我必須留下來為正確信仰而戰。」

「臉色這麼差是要怎麼戰？」

我不知道自己臉色有多糟，回不了話。

會覺得不安，是因為自知心裡有些東西非藏好不可。

「之前港都出事的時候也一樣，我真的覺得你不適合做這種事。」

繆里手撐床沿，淘氣地抬起雙腿。

原以為她能在最高點撐一段時間，結果她斷了線似的向後一躺，腳也摔在地上。

隔著被子，繆里的重量壓在我腿上。

「因為大哥哥是個善良的老實人。」

然後側身一翻，換成趴姿。

「你一看到大鬍子就傻傻認為他那樣做才對，然後怪自己做不到。在阿蒂夫，你在那個金毛面前也是這樣。」

說得像旁觀了我作的惡夢。

「我還是覺得，在有溫泉的地方認真工作，有時間就讀書，偶爾替客人解答一下難題，然後照顧我最適合你。」

最後那段是玩笑的語氣。

「我啊，就算娘願意讓我一個人到村子外面去，我也會玩一玩就回去了吧。看過熱鬧的城鎮、悠閒的平原、嚴酷的氣候、荒廢的土地，或是一眼望不盡的麥田之類的景色，認識住在那裡的人，知道世界上有好多我不知道的事，覺得玩得很開心以後就會回去了。」

繆里獨自背著布袋，不時變成狼形到處走到處看的畫面，實在不難想像。

「可是大哥哥不一樣。」

繆里皮笑肉不笑。說不定很受不了我。

「你不管去到哪裡，就覺得那裡是自己的家。以為認識的人都是獨一無二的親朋好友，在那裡發現的東西都要完全接受，然後一～直一直苦惱，搞得去不了下個村子。所以離開紐希拉，在村外看到你的側臉以後，我馬上就明白娘為什麼願意放我偷溜出去，昨天的事更是讓我確定我想得沒錯。」

繆里撐起手腳向我爬來，頭一把倚上我胸口。與頭髮同色的毛茸茸獸耳，在我顎尖搔呀搔的。

「大哥哥像爹一樣太好心太老實了，一個人活不下去。」

接著手繞到背後，緊緊抱住我。

「這樣的你不適合下山過活。要是你繼續再跟著那個金毛，一定會遇到很多悽慘的事。我不想看你被一次次地打擊，意志消沉的樣子，而且你遲早真的會斷成兩截。大哥哥，我們就留在溫暖又熱鬧的紐希拉嘛。雖然那裡只是個小村子，整天都在唱歌跳舞。今年跟去年一樣，明年也會跟今年一樣，我也曾經覺得又小又無聊。可是出去以後才發現我錯了，那裡的優點比別的地方多很多。所以，就回去吧？」

緊抱著我的繆里，撒嬌似的用獸耳根蹭我脖子。

在那裡，我可以當個稱職的聖職人員，做我每天的工作，自由自在地愜意過活。

有聰明達理，曾是旅行商人的老闆，與看透一切並欣然接受，如同我第二個母親的賢狼老闆娘陪伴，他們的女兒還盛夏豔陽似的愛慕我。

我還能奢求什麼嗎？完全無法想像。

我屏住呼吸，低頭看緊抱著我的繆里。看她繼承自父親，色澤如摻了銀粉般奇妙的亮麗灰髮，以及情感豐富，動作多變的獸耳。

這會是惡夢的延續嗎？

惡魔想把我拖進海底嗎？

這世上有那麼愉快的地方嗎？

我眼前明明是與那一切遙不可及的無垠酷寒大海啊！

「不行。」

我抓住繆里小小的肩，用力推開。

繆里很瘦，輕得像天使。

「我相信神的教誨。教會是人們生活的心靈支柱，人們希望它遍及世界各個角落。我知道世上有很多醜惡的事，但儘管如此，我還是下了山。所以我……非得守護正確的教義不可。」

我拚命講些冠冕堂皇的話，像在勸服自己。儘管在那染遍藍紫色的海岸邊，歐塔姆一眼就能看破這些話是多麼空泛。

繆里看著抓著她肩膀的手，嘆了口氣。

「你說的正確教義到底是什麼？」

聖經上的知識結成一團擠出咽喉。她愛聽多久，我就能解釋多久。

可是這麼想的我，卻被繆里下一句話凍結了。

「如果能讓人生存下去的支柱或指針就是正確的信仰，那我喜歡你也是正確的信仰吧。」

她注視我的眼像個孩童，卻又充滿理智。

「而且，雖然你禱告的神沒有對你展現過奇蹟，可是你卻讓我看見了奇蹟。」

繆里臉頰貼上我扶肩的手，輕咬一口。

「救了這座島的那個人，也對島上的人展現過奇蹟。那麼不管他們的感謝和祈禱是怎麼做，不都應該是正確的嗎？那跟教會怎麼說都沒關係啊。」

繆里保持用肩膀和臉頰挾著我手的姿勢，不帶一點矯作地說：

「還是說非人之人不是人，所以就算做了好事也算錯嗎？」

「話不能——」

說到一半，繆里與我相對的眼就讓我說不下去。

在山腳祠堂察覺非人之人的存在時，我就是自然而然那麼想的吧？

而且還當著繆里的面口若懸河地解釋說，只要人們明知黑聖母是非人之人而信仰她，就是錯誤的信仰。

全然沒想到繆里和她母親都是非人之人。

當我對自己的膚淺不知所措時，繆里抓住我搭在她雙肩的手，在胸前玩起分分合合的遊戲，最後按上她小小的臉頰，閉著眼說：

「娘說過大哥哥和爹一樣，明明有兩隻眼睛，一次卻只能看見一樣東西，所以要我幫你看清楚。還真的是這樣呢。」

她繼續抓著我的手晃來晃去，最後往自己臉上蹭，癢得咯咯笑。

然後，她忽然把手擺在被子上。

「只要是為了你，要我當看門狗也可以，可是我不想看你往不幸福的方向走。所以——」

我們回去吧。

回到那個溫暖，歌舞和歡笑不絕於耳的人間樂園，溫泉鄉紐希拉。

「好嘛，大哥哥……」

繆里探出身子，又抱上了我。她的身體很溫暖，有甜果般的香氣。假如我也抱住她，她的尾巴就會開心搖晃，身體也嫌癢似的扭動，過起半夢半醒的生活吧。

而且，假如我就此放棄神的教誨擁抱繆里，至少能給一個女孩幸福。這不就是我的能耐嗎？我懷的是一個非分的過大夢想，溫泉滲進腦子裡去了。

可是我心中仍有一部分在極力抵抗。

會猶豫該不該回抱她，是因為就連繆里自己也在阿蒂夫下了自我犧牲的決定。在最後的最後選擇協助海蘭並非繆里所望，可是她卻為了我化成了狼，而海蘭也為大義慷慨赴死。

每次都只有我一個躲在安全圈裡。當山頭噴火，周圍陷入火海時，我一定就是拋下大多數人搭船逃至海上的其中一個。

當然，我並不想胡亂往危險栽。

我害怕自己一旦擁抱繆里這個暖如溫泉的少女，就會再也感覺不出冰有多冷，火有多熱，失去對一切實際事物的感受。害怕一旦拋棄對世界的理想，就會再也感受不到生於人世的喜悅。

注視歐塔姆的晦暗信仰，的確是一件可怕又難熬的事。

但若別開眼睛，我恐怕再也感受不到陽光的力量。

假如對世界遮住眼睛，摀住耳朵，就再也看不見也聽不到它是多麼美好了。

「繆里……」

聽我一喚，繆里的尾巴晃了兩下。

她想必也是費盡心思，想替我這個不可靠的兄長找一個最不會受到傷害的路線。

不過那就像從此決心只吃蜂蜜過活一樣，很不自然。我知道自己太寵繆里，而繆里也想讓她不爭氣的兄長撒一次嬌。

若輕咬她的脖子，青澀果實般的酸甜滋味或許會讓我忘卻所有煩憂。

可是蜂蜜的甜，需要黑麥麵包的苦味來烘托。

「繆里，妳說得一點也沒有錯。」

「那麼——」

「但是，請妳再給我一點時間想一想。就算……就算我想法有錯，我志願踏上神的道路，仍是為了解救像過去的我那樣孤苦無依的人。我需要認真思考自己要怎麼面對人生。」

歐塔姆向我展示他所背負的罪過時，其中並沒有教訓年輕人的意思，甚至沒有怒火，只有深不見底的孤寂眼眸。

繆里說得沒錯，若將身邊所有人都當自己一樣關切，會使我無法繼續前進，連一個村、一個城鎮都救不了。改革教會，向全世界散布神真正的教誨，只是狂妄的空想。

但若要選擇逃避眼前所見的生存方式，那根本沒必要離開我出生的村子。這樣我就不會邂逅旅行商人羅倫斯，也不會邂逅繆里了。正因我自認能多少改變這個世界，我們才能相遇。

即使教會成為公害，沒有信仰也不會有今天的我。就算我能躲進深山，對這世界一切苦痛不聞不問，我也不想否定由於過去勇敢面對艱苦而累積的「現在」。

繆里的話當然都很正確，也是肺腑之言。我困於眼前所見而卻步，六神無主。然而無論我心中的信仰是如何不成熟，我也堅信它絕無半分虛假。

我需要重新省思自己該如何面對人生。眼見無可奈何的不幸或窮困時，是該仿效歐塔姆，還是裝作視而不見，或是選擇第三條路呢？

只要是看清周遭而做的決定，無論是回紐希拉還是繼續為海蘭鞠躬盡瘁都無妨。

年紀也不小了，做事還不懂瞻前顧後，橫衝直撞又不知道哪裡出問題，真是笑死人了。對於這頭替我看清周遭的銀狼，真是不勝感激。

於是，我看著只差臨門一腳就能說服我而嘟著嘴的繆里，手繞到背後獻上遲來的擁抱，輕吻她的額頭。

「謝謝妳打從心底為我擔心。」

我在獸耳邊低語，並蹭上臉頰。

繆里驚訝地抬起頭，盯著我瞧。

臉打翻染缸似的愈來愈紅。

「太、太、太晚了吧……」

「真的是太晚了呢。我被溫泉的煙薰花眼睛迷昏了頭，每件事都沒透徹想過。」

說到這，我不禁嘆息。

「看來我不是在追求理想，只是天真地希望世界成為我心目中的模樣而已。」

繆里遮掩表情般貼在我身上，尾巴不安分地猛搖。

「大哥哥那麼愛作白日夢還敢說我！」

真是一點也沒錯。苦笑自嘲的同時，我拍拍背哄她。我就是心裡只有夢境，才會為現實迷惘。相對地，歐塔姆的作法非常實際。只要能正視他與他的處境，我想我一定會有所成長。況且我還有個可愛的守護精靈，不能屈服於曾經的可怕夢魘。

「那麼，繆里——」

就在我開口時。

磅、碰！門外傳來大聲響和呻吟聲。

感覺是有人跌下樓梯了。外面下著雪，濕鞋容易踩滑。

我想去看看狀況，繆里卻緊抓著我不放。

「繆里，放開我。門後就有個人需要幫助啊。」

疑似在走廊跌倒的人連聲咒罵，像是弄掉了些什麼，又或者是受傷了喊疼而已。

繆里默默抱了個心滿意足之後才終於放手，嘆口氣說：

「大哥哥，我相信你喔？」

意思是要我說話算話吧。

「那當然。」我一口答應並下床穿外套，然後補充：

「我可沒有答應妳回紐希拉喔？」

繆里在床上嘔氣地咧出一口白牙，鑽進被窩。

我輕笑著開門出去左右顧盼，果然有個人癱在樓梯口。有點吃驚，是因為那是萊赫，手上還抱個小酒桶。

「原來是萊赫先生，有受傷嗎？」

關上房門，冷得打著哆嗦跑過去，只見萊赫眼神迷濛地傻笑。

「大概年紀大了，爬個三樓都有點吃力。腳一絆到就跌下來了。」

雖然明顯是喝醉導致，但我刻意不提。

「酒灑了點出來，真可惜……」

說不定那串咒罵恐怕不是因為疼痛，而是酒灑了的緣故。

「站得起來嗎？」

「可以，沒問題。感謝上帝保佑，我沒受傷。」

我很慣於處理醉漢。第一是順著他，第二還是順著他。講道理只會惹對方發火，徒費唇舌，所以先問是否受傷。

「看來是真的沒事。」

「哎呀，你來得正好，我就是來找你的。」

「找我嗎？」

扶他起身時，繆里也從房裡出來了。她還是臭著臉，但仍幫我扶人。

「你見過歐塔姆大人了吧？」

我將萊赫的手扛上肩撐起時，他這麼問。

半笑半哭的眼伴著酒氣看過來。

「我剛去作旁證回來。」

「旁證？」

萊赫扭動著想拔開酒桶栓，但在只有一隻手能用的情況下根本辦不到。試來試去結果弄掉了酒桶，幸好繆里接住了。

「就是島上女孩賣給奴隸販子的旁證。南方來的商人都聚在這裡嘛。」

這麼說時，萊赫看的已不是我。眼睜是睜著，卻沒有盯在任何一處。

「我請神保佑少女的未來，可是我什麼罪也沒背，就只是在這個有石牆保護的地方過安逸的生活，神真的會聽這樣的祈禱嗎？」

萊赫一邊說，一邊向繆里抱著的酒桶伸手。

至此我終於明白。

萊赫不是貪杯，而是不得不借酒澆愁。

「可悲的是，我沒有逃離這裡的勇氣。喔，神啊……」

祭司老淚縱橫，收回討酒的手掩面痛哭。

在歐塔姆面前感到惶恐的，看來不只我一個。
我重新扛穩萊赫的肩，說：
「找個暖一點的地方坐下來聊吧。」
繆里白了我一眼，但沒有阻攔，還毫不馬虎幫我扶他下樓。
錯不在任何人身上。
就只是這片土地開的坑太深、太冷罷了。
既然填不了這個坑，好歹要測出它有多深，記住它有多冷才行。
唯一的問題，就只有如何不被坑給吞噬。

「從前，我是某受封貴族私人教堂的禮拜祭司，專門祈求主人與其家族平安順遂，或是聽家臣說些個人煩惱，日子輕鬆得很。」
在宿舍一樓的值班室裡，萊赫和包辦雜務的助理祭司坐在一塊兒，娓娓道來。
人癱軟地淺坐在椅子上，兩手懷抱酒桶。
姿勢雖然難看，但口齒相當清晰。或許是萊特心裡尚未死去的那部分，要他至少做好這件事。
「無論領地再大再安康，經過連續三代政治聯姻以後，關係也會糾結得像惡魔的眼睛一樣。

明明誰也沒對不起誰，也會落得互相憎恨，好比有血海深仇的下場。到這地步，要是有個人為了私慾搧風點火，馬上就會燒得一發不可收拾。唉，真是人間慘劇啊。」

萊赫寶貝地撫摸懷裡的酒桶，卻不打算喝。能抱著它就足以安心了吧。

「子弒父，弟殺兄；婆家陷害媳婦，作母親的把兒子扔進河裡。請來的傭兵不幹正事，只會在領地村子裡作威作福，找領主主持公道的老實農民卻被釘上十字架。」

值班室只有個鏤空的窗，能清楚看見降雪情形。

暖爐裡燒的泥炭，不停啪嘰啪嘰地迸出挑人神經的聲響。

「最後我再也受不了而離開那裡到處流浪，希望能找到一個救贖。聽說這座島的奇蹟之後，我滿懷希望來到這裡，看看聖母能不能拯救我的心，結果就遇見了歐塔姆大人。」

萊赫長嘆一聲，閉上雙眼。

「若說不幸是這世界漏出的煙塵，那麼歐塔姆大人就是清道夫了。哪怕弄得一身黑，他也願意承受一切，然後請神洗淨他的髒汙。我從來沒想過那種方法，心裡大受震撼。」

歐塔姆的行為符合聖經上的理論，合理得可怕。難以置信的是，他能一再重複那麼殘酷的事卻依然保持良知，真心求神恕罪。

「聽說歐塔姆先生原本是這裡人？」

聽我這麼問，萊赫輕聲回答：

「他說很久以前在這裡出生，小時候就被賣掉當奴隸了。這裡有很多那樣的人，因為這裡人強壯又刻苦耐勞。」

教會衛兵見到繆里時，也曾當她是奴隸。

「很久以前，在帆船還沒有現在這麼普及的年代，就連大人都可能賣給人當划槳手呢。據說他們打海戰特別厲害。」

那是非常重的勞動，幾乎所有人三年就會操壞身子而下船。

不過所謂的下船，不會好心到送人到港邊互道珍重吧。

「我來到這裡以後，想盡辦法引薦正派一點的奴隸販子，可是人載走以後就不知道了。」

「從來沒人贖回自由，返回這裡嗎？」

萊赫聽了，激烈咳嗽似的笑。

「事實上，辛苦好幾年以後贖回自由的人或許還不少。可是他們都知道，就算回得來，木頭也不夠蓋屋造船，容不下他們。」

重重的嘆息，彷彿連靈魂的碎片也一併吐出了口。

「這裡養羊有其極限，適合耕作的土地只有那麼一丁點，只能靠淘琥珀，或是跟夏季來挖煤的人抽稅勉強維持開銷。所以很清楚南方商人生意手腕的我，就拿天譴嚇唬他們，讓他們別揩這裡的油，畢竟每個人渡海時都希望上天保佑嘛……可是，這又能彌補多少呢。」

萊赫也用他的方式，為改善他落腳的這片土地盡了一切努力吧。

這麼說來，昨天商人們在中庭那麼親切地向他問候，恐怕不是出自真心。而商人們當他是背叛者，島民卻認為他和商人一夥，使得他只能和酒精作朋友了。

「更糟的是，這所教會的一大支柱魯維克同盟，正在研討未來是否減航。能賺的錢只會愈來愈少。」

祈禱填不飽肚子，這裡的生活終究是離不開金錢上的交易活動。

改善這地區所需要的東西其實非常單純，就只是錢罷了。

而不夠的帳尾就轉換成罪過，由歐塔姆承擔。

萊赫天天喝酒，就是為了逃避快把他壓垮的自責吧。

要是繆里沒跟著我，我恐怕也成了這樣的人。往身旁繆里一看，那雙美麗的紅眼睛回我一個問號。

這當中，萊赫重新坐正，拔開酒桶栓昂首就是一口。

「噗哈！身為聖職人員，這樣實在不應該……」

的確，那樣喝簡直像個土匪。

才這麼想，萊赫滿面愁容地接了下去。

「真希望戰爭早點開打。」

「……戰爭？」

歐塔姆位居掌控船隻的海盜首領，船員們聽說的大小風聲都會傳進他耳裡，一眼就看出我這個呆頭鵝是溫菲爾的人。

那麼萊赫應該也看出來了吧。只見他又灌了口酒，難受地大口喘氣。

「……咕呼。就、就是戰爭。溫菲爾王國舉旗反抗教會暴行到今天，總算在阿蒂夫點燃火種，現在就只是等它真正燒起來而已。這麼一來不管怎麼看，這地區人民的戰力和漁業能力將是一大重點。」

萊赫又想喝酒，我忍不住阻止。他那樣喝，簡直要把自己喝死一樣。

「萊赫先生。」

「……死了又怎麼樣，誰會替我難過？就算神也忘了我姓啥名啥了吧。」

萊赫自嘲一笑，但沒有硬喝的意思。說不定，他也很希望有個人來阻止他。

他耗盡力氣般把酒桶往大腿上一擺，高抬著頭閉眼說：

「一旦開戰……魚就會跟著漲價，也會有不少人在戰場上立功吧。不管是幫王國還是教宗，要獎章都有如探囊取物。」

萊赫安慰自己似的說。我想他也明白，就算發了戰爭財，也只能換來一時的喘息。戰場上不只會有人建功，也會有人陣亡，或背負一輩子擺脫不了的傷痛回來。

「喔喔，神啊。這片土地就是建立在人民的犧牲上，請您務必憐憫替我們背負罪過的歐塔姆大人啊……」

茫茫然地如此祈禱之後，萊赫脖子逐漸失去力氣，就這麼睡著了。我在酒桶滾落前收走，擺在附近架子上。

他癱在椅子上的模樣與其說是睡著，更接近是累倒。

請繆里找來助理祭司，問他怎麼處理之後，他說這是常有的事，放任他那樣沒關係。

儘管不忍，但多次親身經歷也使我明白搬運昏睡的醉漢有多麼吃力。再說助理祭司已經給暖爐多添了點泥炭又幫他蓋上毛毯，應該不至於感冒。

向助理祭司道個謝，我們就離開了值班室。

接著走進雪花紛飛的戶外，吸點新鮮空氣。

「大哥哥。」

下完石階時，繆里從石階頂端叫我。

「什麼事？」

「你還好嗎？」

在陰暗雪地中，繆里的銀髮宛若冰絲。

「我很好啊。」

繆里聽了露出略為意外的表情，匆匆跑下來。

「怎麼了？」

「我覺得你好像變帥一點了。剛才還婆婆媽媽的。」

應該只是最後揮不去的愁容，被她看成鎮定的表情了吧。

「先別說帥不帥，和妳談過以後，我有種不再迷惘的感覺。」

「嗯？」

「回阿蒂夫的時候，我們就帶萊赫先生一起上船吧。」

繆里不驚不訝，往上轉轉她泛紅的琥珀色眼眸後看著我。

「那個人已經逃不掉了啦，我想你再怎麼勸也沒用。」

她說得沒錯，我也懂萊赫的心情。假如我是獨自來到這片土地又見了歐塔姆，一定也會變成同一種人。

「不過很幸運的是，他的酒量好像沒赫蘿小姐那麼好。」

趁他睡著再弄上船就行了。萊赫對這島嶼地區本身並無執著，只是困在這裡，一旦出了島就回不去了吧。

這粗暴的手段聽得繆里睜圓了眼，嘴角慢慢吊成笑容的形狀。

「大哥哥好壞喔。」

「想真的解決問題，就得找出讓這裡所有人都能幸福的方法吧。」

「才沒那種方法呢。」

即使不知世界多大多複雜，繆里仍不假思索地如此斷定。

人家說女生的腦筋比較實際，就是這麼回事吧。

「我不敢說真的沒有，可是我沒時間也沒能力去研究。所以在這當下，我只能想想自己能做些什麼。」

繆里毫不掩飾地盯著我上下瞧，又忽然撇開眼睛。

活像老闆見到小伙計終於能把事情辦好。

「那麼，要順便重新考慮你那個匡正世界的非分之想了嗎？不幫那個金毛了？」

「我會暫時放棄把小我十幾歲的妹妹送回故鄉去。」

「只是像妹妹啦！」

繆里不只說，還踩了我一腳。

在下個不停的雪中抬槓，頭和肩膀一轉眼就堆起了雪。

繆里拍一拍身上各處，問：

「先去港邊找點東西吃怎麼樣？」

感覺那場惡夢作了很久，也許都中午了。

繆里瞇著一眼撥去兜帽積雪，同時張開眼睛和嘴說：

「……可以吃肉嗎？」

「約瑟夫先生說過了吧，這裡的魚很好吃。」

「那我想吃炸魚，還要撒很多鹽！」

這個少女明明靜下來就像個仙子，卻有酒鬼的口味。

「不可以吃太飽喔。」

「好～」

雖然她答得和平常一樣敷衍，但有個決定性的不同。

繆里牽我的手握得比平常更用力了。不只是我，繆里也心知肚明吧。

自己手裡的，是無可取代的寶石。

體會世界的黑暗如何深沉，才終於發現它的光輝。

繆里垮著臉坐在餐廳桌邊，是因為這裡沒賣炸魚。

既然不是天天殺豬的城鎮或村莊，很難有整鍋的油供人油炸。從鯡魚和沙丁魚是煎得出油，

不過只要是需要用魚油點過燈的人，幾乎不會想用魚油炸東西吃吧。

最後我們點了一鍋燉魚，而這道菜的外觀對山上長大的女孩來說震撼頗大。裡頭塞了個剖成兩半的魚頭，嘴裡還密密麻麻長著明顯不同於山獸的駭人細牙，也難怪連繆里一臉驚恐。不過每種魚都很鮮嫩，知道湯汁沾麵包吃鹹味恰好之後，繆里也吃得渾然忘我。

麵包不是以麵粉製成，而是栗子粉。具有獨特的硬度和苦澀，不是吃了會開心的東西。我從不覺得紐希拉的生活優渥到哪裡去，但可能是泉療場所的緣故，即使地處雪山深處，食物也豐富多樣，連外地貨也應有盡有。吃了這一餐，使我痛感那裡是多麼得天獨厚。

「大哥哥，再來怎麼辦？」

繆里一邊啃形狀細長，喙部長了尖牙的魚頭一邊問。

壓低聲音，不只是因為正忙著啃頭部的肉，主要是店裡很安靜，讓她不敢吵鬧吧。

「要找船送我們回去……然後再調查一下這座島的事。」

「……還不死心啊？」

繆里傻眼的樣子使我不禁苦笑。

「我沒有妄想要拯救這座島啦，只是我覺得應該還有我派得上用場的地方，那或許也能幫到海蘭殿下。」

聽見海蘭的名字，繆里照例擺出不屑的臉。

「就算提供這地帶欠缺的物資壯大不了溫菲爾王國的聲威，仍可能在戰鬥時拉攏到他們作戰友。」

「給錢不行嗎？那個金毛不是很有錢嗎？」

繆里將麵包沾滿香濃的湯，大口咬下。

「金錢的力量很大，的確是幫得上忙，但是太直接了。」

「直接？」

被麵包塞得圓鼓鼓的嘴巴不雅地問。

「錢的魅力幾乎堪稱一種暴力。妳想想，如果仔細調查這片土地，給當地人真正需要的東西，不是比同樣價值的一筆錢更有誠意嗎？」

繆里大口大口地嚼又痛快地一口吞下去，感慨地看著麵包點點頭。

「真的。如果有人給我愛吃的麵包，我也會想回報那個人。」

向來量重於味的繆里，似乎也覺得栗子粉麵包不好吃。

「那這段時間……」

繆里話說一半，對我招招手。

我小心地靠過去以防她惡作劇，她跟著說：

「我可以去調查那個人偶的事嗎？」

我不敢置信地瞪大眼睛看她，而她認真得教人意外。

「娘沒詳細跟我說過啦，可是娘拿來給我取名的那個老朋友和其他朋友，不是都下落不明嗎？」

她是在想，黑聖母說不定是其中一個嗎。

繆里的母親賢狼赫蘿，說她曾經統治約伊茲一帶的森林，很難想像會有體型比她更大的部下。總覺得在遠古的精靈時代是大者為王。

見到繆里這樣關切自己身上的血和其他非人之人的動向，讓我心情有點複雜。到頭來，她那副滿不在乎的樣子都只是表面上吧。

「而且單純照傳說那樣來看，擋下岩漿以後魚貨就變多了，根本莫名其妙嘛。」

的確。假如黑聖母真是非人之人，會是什麼的化身呢？

「我們就一起查吧，一個人危險。」

我坐正說。

「我遇到熊也不會有事喔？」

「只怕妳遇到比熊更可怕的悲慘事實。」

坐在對面的繆里撕下一塊栗子粉麵包，送進嘴裡靜靜咀嚼，且不知想著什麼，飄渺地望著遠處。

不久視線忽然回到我身上，又閉眼歪頭煩惱起來。

「怎麼啦？」

繆里咿嗚地緊鎖眉頭說：

「你覺得遇到難過的事的時候，是請你當場安慰我，還是趁你不注意突然哭起來，哪個比較好？」

好是什麼東西好啊？

為她這番話頭疼時，繆里「啊！」地睜開眼睛。

「當場請你安慰我，事後再讓你安慰我一次就好了嘛。那麼讓你跟來比較賺。」

竟然笑容滿面地說這種話。

「請別計算這種事的得失。」

「娘說過，女人不可以流沒計算過的眼淚喔。」

該說是有狼母必有狼女嗎，狩獵的方法倒是教得一絲不苟。

「最好是連哭都別哭。」

我苦笑著這麼說，而繆里忽然板起臉來。

「這句話還給你。」

居然被年紀只有我一半的女孩說這種話。

不過被她關心的喜悅，不會因為年紀而減半。

「謝謝妳喔。」

我坦然道謝，卻惹來繆里懷疑的目光，但她瞧了一會兒就咧嘴一笑，繼續啃魚。看繆里這樣的反應，使我不禁莞爾。

雖然俗話說「愛自己的孩子，就讓他去旅行」，不過繆里的成長實在令人瞠目結舌。說不定是我沒有半點成長，現在才終於發現繆里的厲害。

認識天有多高，地有多廣，是孩子邁向成人的重大必經洗禮。那麼知道了冰有多冷，海有多深之後，軟弱的我也會多少有些成長吧。對於溫菲爾王國與教宗抗爭，企圖創立新教會的想法，我似乎也能站在比較不同的角度來看了。既然這裡有這般令人意想不到的信仰形式，那麼可以開啟天國之門的鑰匙不會只有一把，人人心目中神的家園也會各有不同。

而且我現在也知道，非人之人的事蹟也可能幫助散布神的教誨，就像這座島一樣。那麼天國之門也該為他們多少擴大一點吧。

這點也是個重要的問題。歐塔姆的做法太過震撼，嚇得我都忘了。既然他們混在人類社會中生活，他們的遺產遲早會是個必須認真面對的問題。海蘭似乎已發覺繆里不是凡人，也多少知道世上有那樣的人存在。所以就算僅有萬分之一的可能，還是有機會藉凱森創下先例。

這麼一來，非人之人或許再也不會像繆里那樣，面對阿蒂夫商行會館的世界地圖，為世界如此廣大卻沒有容身之處而悲嘆了。畢竟非人之人之中，擁有高潔心靈的多得是。

雖然我幫不了被賣為奴隸的少女，對不得不那麼做的歐塔姆，也說不出任何話來撫慰他孤寂的眼神，但我或許幫得了繆里。

這時，我想起一件事。

「繆里，我有件事想問妳。」

「嗯？」

面前擺著變成白骨塚的餐盤，一臉滿足的繆里跟著看來。

「歐塔姆先生是人嗎？」

既然黑聖母是非人之人，散布其教義的歐塔姆就是第一個該查的對象。

可是繆里探尋記憶般閉上眼，小腦袋向旁一倒。

「那時候我冷得有點鼻塞，不過要是有野獸氣味，我一樣聞得出來，而那裡只有海味。好像很久沒洗過澡的感覺。」

這麼說來，歐塔姆是人嗎？假如連歐塔姆也是非人之人，要給海蘭的報告就有很多地方要斟酌了。她有必要知道，萬一歐塔姆成了敵人，事情是非比尋常。

所幸，現在似乎不必擔心這方面。

「那麼，吃飽了沒？」

「嗯，謝謝招待。」

接下來，我帶著繆里在港邊蹓躂。

這是個橫跨兩端用不了多少時間的小鎮，也沒有城牆。走到外圍沒有建築物的土地，只有一條在雪中踏出的路。到這時，我才發現路的另一頭也有住人。

中央通道，也有一排門前掛著各類工匠招牌的店鋪，算是一應俱全。但別說沒有琳瑯滿目的商品可供展示，大部分是靜悄悄地，連裡頭有沒有人工作都很可疑。

明顯有營業的只有掛了幾張網的繩匠工坊，和門口擺著魚叉和大柴刀的鐵舖而已。是因為不管再怎麼樣，這裡都少不了這兩種舖子吧。

然而網是不知補了多少次的舊貨，刀械也鈍得不太能切割，比較適合砸斷。可能是物資不夠搓新繩，燃料也不足以鍊出好鐵。

能討這裡人歡心的東西，說來說去還是捕魚器具吧。至少能支撐他們的生活。

儘管聖經有言，有目的地幫助他人是偽善，可是歐塔姆也親身告訴我，無作為的善在這地區不具意義。

那或許會成為使信仰挾雜欺瞞的種子，但在種子發芽前將它摘除也未嘗不可。至少比現在冥頑不靈的教會好得多了。

畢竟我不得不承認，一味祈禱對現實毫無幫助。

這麼想著在鎮上漫步時，我發現安靜不是因為不景氣，或許單純因為現在是寒冷雪季。約瑟夫所在的會館，現在也是難得空無一人的淡季。

會這麼想，是因為經過路上行人時，他們總是投來訝異的眼光，彷彿不相信會有人在外頭走動。

其實，我也快冷得受不了了。該回教會了吧。

正好我們回到了死河邊的道路。

「和紐希拉完全不一樣呢。」

不知為何，我在風雪中完全沒有說話的念頭，這是離開餐廳以來第一句話。

「大哥哥也是第一次來這種小鎮嗎？」

「去溫菲爾王國那時候，要比這裡熱鬧一點。而且，我以前旅行過的地方大多冬天不會下雪。」

「冬天不會下雪啊，這也滿難想像的。」

繆里轉向海面，吐出一大口白煙。像在催我早點回房似的，待在這裡只會讓身上的雪愈積愈多。

「有機會一起去吧。那裡的海藍得完全不一樣，看了會整顆心都飛揚起來喔。」

「海的顏色還會不一樣啊？」

「有的海甚至不是藍色，而是從來沒看過的明亮綠色。」

「既然大哥哥看過了，就是有看過的明亮綠色吧？」

繆里帶著賊笑轉回來。

「少說那種蠢話，回教會去吧。」

「嗯。」

繆里乖乖答話，跟了過來。但又突然停下，轉向海面。

「怎麼了？」

「我原本以為是錯覺……結果是真的。有船要來了。」

「船？這種雪天還有人會捕魚嗎？」

往港口望去我才發現，港邊一個人影也沒有，大大小小的船全都拉上了岸，翻過來曬。或許

她說的不是漁船。

這時繆里補充道：

「我可能在阿蒂夫看過那艘船。」

「船不是都一樣嗎？」

不經頭腦的問題，惹來繆里的冷眼瞪視。

「每間船坊的造型都不一樣啦，這是常識耶！」

或許是因為曾替德堡商行幹過幾天卸貨下船的工作，學了點怪知識。

就當她說對了吧，可是阿蒂夫的船來這裡並不是什麼怪事。

「是商船吧，我們不也是搭商船來的嗎？」

「是沒錯啦……嗯，果然沒看錯。」

繆里手攏在眼睛周圍遮擋風雪，注視海的另一頭說：

「那是商行的船。」

「德堡商行的嗎？」

這就有點怪了。海蘭替我們安排的是其他商行的船，所以約瑟夫對我們造訪會館才那麼意外。至於為何不找德堡商行的船，單純是因為他們的船這陣子沒有航班。

而且，我站在繆里身旁一起遠眺，發現後頭還有一艘。

雖然距離很遠，幾乎和水平線融在一塊兒，但從這還是看得出來船有多大。前方的船像受到催趕，又像在逃命。

在這種下雪的日子一次有兩艘船過來，似乎真的很稀罕。

仔細一看，已經有零星幾個漁夫特地離家聚到港邊，一個樣地往海上望。

「到底是怎麼啦？」

繆里輕聲說。語氣有如在山中看見獵物出現異常舉動。

「不冷嗎？」

會這麼問，是因為繆里的兜帽和肩膀不知何時也積了厚厚的雪。動手替她撥，自己身上也掉了一堆下來。

不過繆里看也不看替她撥雪的我，只是注視港口。

德堡商行的船匆匆滑入港中，登船板無視於表情錯愕的男性島民，自顧自地架上棧橋。

一個包得密不透風，輪廓圓之又圓的男子隨後下了甲板。

我替繆里撥雪的手跟著停下。

同時，繆里吸入一大口氣。

「我不冷啊。」

嘴邊是大膽的笑。

「因為我很興奮。」

下船的是約瑟夫，他一邊回頭看海，一邊不耐煩地撥開沾上身的雪，吃力地挪動圓滾滾的身子直往這裡跑來，但似乎沒有發現我們。他幾乎沒有抬過頭，可能只是知道腳下有路就一股腦往前跑吧。

即使近得能聽見他用力喘氣，他還是沒發現我們。等他終於抬頭，已經快撞上來了。

「喔、喔喔！」

約瑟夫連忙止步，一副我們怎麼會在這的臉。

當然，我們也想這麼說。

「出了什麼事嗎？」

喘不過氣的約瑟夫張口就咳，兩巡以後手拄在膝上反覆深呼吸，站直了說：

「這、這是神的旨意啊！我有急事要告訴你們。」

約瑟夫吐著大把白煙說。

擔心海蘭人身安全的我跟著緊張起來。

「阿蒂夫傳消息給我，我就找船全速趕過來了，好不容易才追過那艘船呢。」

所以不是碰巧有兩艘船要入港嗎。

「那麼，阿蒂夫捎來什麼消息？」

約瑟夫再一次難過地咳嗽，總算把話擠出來。

「不曉得哪個南方國家的高階聖職人員，帶著大商人往北海來了。」

「高階？大商人又是誰？」

摸不著頭腦。

這時，咳嗽連連的約瑟夫背後，有個巨大船影逐漸清晰。

聚集在港邊的男子全都指著船驚呼不已。若說我也不敢相信自己的眼睛，會太誇張嗎？

「好……好大喔……！」

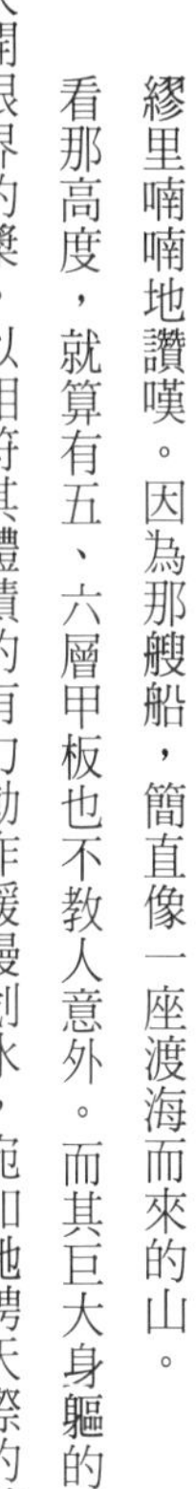

繆里喃喃地讚嘆。因為那艘船，簡直像一座渡海而來的山。

看那高度，就算有五、六層甲板也不教人意外。而其巨大身軀的兩側，還伸出一大排長得令人開眼界的槳，以相符其體積的有力動作緩慢划水，宛如馳騁天際的神船。

可是我忍不住想挖苦，假如那是神船，神一定是另創新教了。巨船飄揚的帆上那蠟染而成的徽記，我十分熟悉。

「魯維克同盟？」

那是世界最大最強的商業同盟，主要從事遠地貿易，名下船隻數量無人能及。據說過去曾為爭取特權而槓上某國王，打了場漂亮的勝仗，在商人之間傳頌得有如神話。

雖然北方地區是德堡商行的天下，他們的勢力沒那麼強，但這艘船讓我體會到，那真的僅限於北方地區。

出現在港都凱森的巨大船隻，具有消弭一切質疑的壓倒性魄力。

「那不可能是來作生意的。」

約瑟夫說：

「途中它一次也沒靠過港，表示船上就是有夠多人能輪班和夠多食糧。那麼大的船穿不過島之間的窄縫，想必是繞了很遠的路才到這裡，可是熟悉這裡水況的我們也費盡了力氣才追過它。」

由於船實在太大，遠遠就下錨了。船側放下小船，港邊島民也派船過去，可能是詢問用意吧。

「啊，看門狗也來了。」

這當中，繆里向海指去。是海盜的船。

「到底發生什麼事啦？」

小小的港都前停了一艘龐然大物，令人心裡發毛。

直到親眼見識，我才明白什麼叫權力。

「不知道……可是，海盜船光是被那兩邊的槳拍到就要沉了吧。或許就是有需要展示戰力，才會把那艘船也拉過來。用這種船作生意，如果船艙裡沒堆滿金山銀山肯定賠本。我們商人絕不會做白費力氣的事。」

跟隨我尊敬的旅行商人途中，我也學到了這件事。那麼他們帶那麼多錢來這個地方，究竟想買什麼？

在這個每一件事都恐要吸入貧窮漩渦的冰雪之土，究竟能作什麼大生意？

「神啊，求求您保護我們啊！」

約瑟夫高聲祈禱，並從懷中取出個小囊。

「聖母啊，請保佑我們吧！」

雪依然下個不停。

風雪當中，就只有蠟染的魯維克同盟徽記鮮明得詭異。

第四幕

外地人來到這座島，原則上都是在教會下榻。

魯維克同盟也不例外。

他們前往教會的排場，弄得像國王出巡一樣盛大。

從那巨大船隻出來的人，每一個都符合約瑟夫帶來的消息。

隊伍由高舉教會旗幟的旗手打頭陣，這部分就用了四個人。接著有四個扛轎的聖堂騎士走過他們踏實的地面，轎上坐個國王般威風八面的男子。

他脖子垂掛繡有金線的披帶，手上金戒鑲著眼珠那麼大的寶石，頭戴象徵教宗寶座的尖帽。雖不知是來自何方，但至少看得出他位居大主教，在有主教座的城鎮掌管教會。

身為志在聖職者，我自當竭誠向他致敬。在中庭低頭迎接的途中往轎上偷瞄時，見到的果真如我想像，是個活力充沛的壯年男子，外表年輕得與其地位很不相稱，肯定懷有某些能填補年齡的素質。多半就是臉上藏不住的野心吧。

威武的聖堂騎士魚貫跟隨在後，不過他們在這樣的天氣裡全身穿戴鐵製甲冑，只披了塊布將就。飛雪很快就堆在他們身上，再過不久就會變得像路口的雪人那樣吧。他們表情緊繃不是為了展示威嚴，而是害怕凍傷。

「好多錢箱啊。」

見到後頭的馬車上，站在身旁的約瑟夫忍不住似的對我耳語。錢箱已經多到壯碩的馬匹要低著頭死命拉了，這樣的車居然共有四輛。

後方，是個同樣坐在轎上，身穿毛皮大衣的男子。從他毫不掩飾自己的富有來看，應該是魯維克同盟的大商人。後頭帶著一隊部下，然後是幾個明顯是文書職的男子，手上小心抱著一大包可能是羊皮紙疊的物品，最後似乎是他們請來的傭兵。

萊赫帶頭迎接隊列。表情僵硬應該不是為自己酒醉而羞愧，況且遇到這樣的場面，再醉也會立刻清醒。

好比野兔群中憑空冒出了一頭狼。

「現在怎麼做？阿蒂夫送來的信上說，只要你們有生命危險就立刻帶你們回去。署名除了史帝芬先生之外，還有一個叫海蘭的人。這位是溫菲爾王國的貴族吧？」

約瑟夫側眼看著萊赫像頭來不及逃的小鹿，向前歡迎代表教會而來的大主教一行，並對我如此耳語。

不管怎麼看，在此時此地投入這麼多人，一定與王國和教宗的戰鬥有關。海蘭的擔憂並非無的放矢。

海蘭只要我調查情勢，別輕舉妄動。

反過來說，我不能沒查出他們的目的就離開。

幾番逡巡後，我下定決心開口：

「其實我來這裡不只是為了找修道院建地，還有另一個目的。」

聽我這麼說，約瑟夫眨了眨眼後尷尬地笑。

「我想也是。況且信還是史帝芬先生親筆寫的，我自然是心裡有數。」

他兩肩大聳，拍拍我的肩。

「只要有我能幫的就儘管說。」

我心中閃過一絲猶豫，但我應該相信他。他打從下船就死命地跑又慌成那樣，怎麼看也不像演戲。不過為防萬一，我還是往真懂得以狼性處世的繆里看了一眼，而她察覺我的視線便瞇眼一笑。那表示繆里的直覺也認為沒問題吧。

「我想知道他們的目的。」

約瑟夫投來惡劣環境居民共通的多慮目光。

注視我雙眼片刻後，他不知是看見了什麼，緩緩閉目並按胸行禮。

同時，國王般的大主教下了轎，大動作擁抱萊赫。面對不斷進入教會的隊伍，助理祭司扯開喉嚨招呼賓客，忙得不可開交。載行李的車也多得嚇人。

「看這情況，教會恐怕沒房間給我們睡了。」

我們能破格獨占一個房間，是因為宿舍空空如也。

「我有親戚住在這裡，就在那借宿幾天吧。平常他們不太喜歡外地人，可是遇到這種事，相信他們也能體諒。」

當地人應該大多認為，和收購漁獲的南方商人牽扯太多準沒好事。這也間接表示出雙方力量的差距。

我有必要將魯維克同盟和搭乘他們的船來到此地的大主教，看作是明知這點而刻意用如此誇張的陣仗展示其力量。而目的不管怎麼想，都肯定是削弱這個地區。那些堆積如山的錢箱，無非是他們的力量象徵。

這地區的確缺錢。只要一枚金幣銀幣，就能避免許多憾事發生。我自己也曾考慮以贈送物資進行懷柔籠絡。

可是這當中有幾個疑點。

據說教會曾數度嘗試控制這裡，結果都以失敗收場。那麼現在這麼露骨地用錢收買，不是更容易遭到反彈嗎？甚至可能引起更糟的問題。

例如島民用這一大筆錢自我武裝、購置新船，屆時將更難以武力屈服。魯維克同盟是據點位在南方的商業同盟，與德堡商行距離遙遠。無論船隻再大，想長久防止他們背叛也非常困難，在戰時也無暇監控這麼大的部隊。

照理來說，以凱森島為首的海盜組織很可能會先將魯維克同盟的這一大筆錢占為己有，待內部整頓妥當，再向溫菲爾王國灌迷湯，或是以敵對為由加以威脅。如此不只能再撈一筆，只要沒事搖搖該支持誰的天平，就能長期勒索資金，歐塔姆不可能錯放這種機會。

畢竟從富裕國家和富裕教會撈錢所受的良心苛責，應該比漁夫腿傷而不能工作，就把她女兒賣給奴隸販子低得多了吧。

但話說回來，既然連我都想得到這種可能，魯維克同盟和大主教他們會沒發現嗎？

會是大商人那邊說得太簡單，矇騙了大主教？例如這裡窮得可憐，只要塞給他們幾車錢箱，就會幫他們對抗溫菲爾王國，然後商人再找一堆東西拿來這裡傾銷，把那些錢賺回來之類？

可是到頭來，問題又會回到先前的背叛上。假如這片土地的人並未依計協助教會，那麼灌輸錯誤情報的人就得負起責任。

而約瑟夫也說到了一件事——商人絕不會做白費力氣的事。

既然帶了那麼多錢箱來，就要帶等價的東西回去。

不會是用來買魚。

那麼，他們要帶什麼回去呢？

就算出資可以向大主教換取特權契約，以商人而言，把錢留下來就走實在太過魯莽。

損益並不合算。

怎麼說都說不通。

「大哥哥，你又在想事情啦？」

繆里的聲音讓我回神。

大隊入城儀式暫告一段落，每個人都開始找自己今晚的睡鋪，留在中庭說話的只有無關魯維克同盟的商人和搬運工。即使一早就下個不停的雪愈來愈強，這突如其來的大事仍讓人忘了寒冷。

「對啊，有件事我實在想不通……」

聽我這麼說，繆里和約瑟夫面面相覷。

這時，中庭深處有人大喊：

「此教會宿舍從此刻起由魯維克同盟包下！宿舍裡原來的住客，麻煩到港邊另尋他處！假如怎麼也找不到住處，再回來和我們商量！此宿舍已由魯維克同盟包下！」

看來大主教和魯維克同盟的大商人，第一把錢就用在這教會上。

缺盤纏的人，都要被丟到路上吹風了。

「哎呀呀，雖然這時候人少，做得也真是誇張。」

約瑟夫捻著鬍鬚大而化之地笑。

「那麼，我就帶二位到我親戚家吧。」

「不好意思，煩勞您了。」

「別客氣。史帝芬先生再三交代我絕不能怠慢兩位呢。」

這話讓我不禁想像史帝芬緊張兮兮寫信的樣子。

良心受到不小苛責。

爾後，我們回房間收拾行李就離開了教會。

魯維克同盟和大主教。

這樣的組合肯定有鬼。

這房子看來屋頂又陡又高，進了門卻有種置身山洞的感覺。

地面只是夯實的土地，家具以石頭堆至腰際高的爐子為中心擺設。

屋裡架著梯子，可上二樓。但二樓只有一點點空間，剩下的全是留空的屋頂，可以直接看見屋頂兩翼交接處。縱橫的梁柱上，吊掛大量的魚和蔬菜，似乎是利用房中央的石爐燒出的煙來燻乾。

繆里就像見到一整片倒掛在山洞頂的蝙蝠群，傻張著嘴注視寒冷地區的耐久食品。

「很新鮮嗎？」

皺紋深得看不出眼睛是睜是閉的老奶奶笑嘻嘻地尖聲問道。

約瑟夫的這個親戚家，只有這位老奶奶和她的媳婦，至於老奶奶的兒子和孫子都在阿蒂夫工作。

「對著上面睡覺，好像會一直作吃東西的夢耶。」

「嘿嘿嘿嘿。」

繆里睡羊毛床時也說過類似的話。瞥了她一眼後，我向媳婦道收留之謝，塞了點銀幣給她。在丈夫兒子外出時守著這個家的媳婦，腰和手都有我兩倍粗，連信仰也非常深厚。她恭敬得教人難為情了，讓我對自己不是真的聖職人員略感愧疚。

打完招呼後，約瑟夫便匆匆趕去參加港都的集會了。他說島上平日瑣事是由長老們來處理，現在一定在開會決定對策，先去替我看看樣子。突然來了那麼大的船，島民一定嚇壞了。

另一方面，這個家的兩位女主人為我這稀客使出渾身解數，連老奶奶也捲起袖子替我準備晚飯。

我和繆里無事可做，盯著泥炭火發了一會兒呆，最後還是坐不住而出門了。

即使離日落還有段時間，在厚實雲層遮掩下，光線已相當陰暗。這陰鬱的氣氛，和港邊情形如出一轍。

我們繞到後院，發現一個棚屋，便到底下躲躲雪。雪依然下個不停。

「大哥哥，不要一直在外面晃，會感冒啦。」

追我出來的繆里，用戴鹿皮手套的雙手蓋著臉頰埋怨。

「我真的很擔心。」

「……」

一旁繆里默默抬頭賞我白眼，一臉「又來啦？」的樣子。

「準備那麼多錢箱，一定會附帶讓人不敢拒絕的條件。」

「那不是很好嗎？這裡的人都很缺錢嘛。」

一點也沒錯，但問題也在這裡。

「我不覺得這會是出自一片好心。」

「是啦。轎子上那兩個跩得像國王的人，看起來都好壞喔。」

繆里說得直發笑。

「而且，如果不查出他們提出什麼條件，我等於是搞砸了海蘭殿下給我的任務。要是他們真的談成了，我就得盡快向她確實報告這件事才行。」

「這點我是無所謂啦。」

繆里蹲下來挖一把雪，用力握實。

「那你要怎麼做？我到牆壁後面幫你偷聽嗎？」

扔出去以後她把手拍乾淨，豎在頭頂上拍動。

看起來是在扮兔子，不過繆里可是吃兔子的狼。

「他們包下宿舍也是為了趕人吧。這麼一來，想偷聽就得繞到包圍教會的石牆外面了。就算妳耳朵再好，也聽不見房裡的聲音吧？」

「那變狼溜進去怎麼樣？天黑又下雪的話應該不會被發現。」

繆里的毛色像摻了銀粉的灰，在大雪紛飛的夜裡，就連老練獵人也不容易發現她吧。

「如果妳願意那樣做……的確是……呃，可是……」

據我了解，繆里變狼不像母親那麼容易。況且我才剛知道，繆里對自己的狼血統並沒有外表那麼不在乎。

若情況允許，我實在不想讓她冒險。

這麼想時，繆里背著手一步、兩步、三步地往前走。

還沒看懂她在做什麼，她忽然轉身把頭湊過來。

「是啊，變狼很麻煩，我又說不定會有危險。」

繆里笑嘻嘻地說著這種話，轉頭露出被冷風吹得有點發紅的臉頰。

「可是，有一些事可以幫我鼓起勇氣喔～」

她說得極其刻意，還帶著一雙賊眼。見我後退，她更加把勁地指指自己臉頰。

我知道任何事都有代價，可是繆里不管怎麼看都只是想逗我尋開心。再說，我不認為那種事該用在這種用途上。

「……太危險了，還是想其他方法吧。」

「咦？大哥哥你很討厭耶！」

繆里打從心底地失望。

「再說妳要是被人看見，事情就嚴重了。要是這麼小的地方有狼，整座島都會鬧得雞飛狗跳。」

「噗……」

繆里嘟起嘴，踢散腳邊雪堆。

最好的情況，是透過約瑟夫取得情報。

突然間，繆里抬起了頭。像個在雪地發現獵物聲響的野獸，背挺得又高又直。

「怎麼了？」

「好像有腳步聲。」

「腳步聲？」

她稍微掀起兜帽，抽動底下的獸耳。

「有很多人聚在一起走，大概是要到教會去。從大路那邊傳來的。」

「所以是鎮上的人要去教會吧……難道交易已經開始了？」

時間就是金錢是商人的信條。更何況他們要和溫菲爾王國搶人，狀況分秒必爭。

繆里繼續聆聽一會兒後便將耳朵窸窸窣窣收回兜帽底下，不久，我也能聽踏雪而來的聲響，但只有一人。喳喳的腳步聲來到正門口，接著是開門聲。

「是胖叔叔吧。」

「……人家叫約瑟夫。」

她母親赫蘿也不太用名字叫人。像的都是些怪地方。

我們也回到正門，開門進去，見到約瑟夫正在和準備晚餐的婆媳倆對話。

「可是婿婿，這是鎮上大家說好的結論啊。」

「少來。再窮也要好好招待客人，是我們凱森人的骨氣。要是丟下客人不管，我海裡那口子都要爬出來罵人了。」

老奶奶和約瑟夫有些爭執，途中媳婦注意到我們回來並知會他們。

「喔喔，寇爾先生回來了。」

「出了什麼事嗎？」

「這個嘛……」

約瑟夫表情為難地說：

「大主教待會兒要設宴招待島上幾個重要人物，互相認識認識，可是人手不夠，所以想臨時徵召鎮上的女人過去幫忙……」

這也難怪。教會雖准許女性住宿，但規矩似乎頗多，也沒幾個會想來這邊境自討苦吃吧。這時，我感到身旁有視線射來而轉頭，發現繆里眼睛閃閃發光。如果不知道這個愛好冒險的少女在想什麼，我這兄長就白當了。

「不准不准，我們要留下來招呼客人。更何況他是服侍神的人，丟下他對不起黑聖母。」

老奶奶堅持己見，手上抓著乾癟的蘿蔔。

媳婦不知道該幫誰說話，約瑟夫也一臉頭疼樣。

這當中，繆里從背後偷偷拉扯我的衣襬。

像在說：「知道要怎麼做吧？」

這的確堪稱是天上掉下來的機會，而繆里的想法的確比變狼潛入穩妥得多。

到最後，我只猶豫了一轉眼的功夫。

「有件事，我想商量一下。」

「咦？」

我對錯愕的約瑟夫說：

「我想盡快查出他們的目的，趕回阿蒂夫。」

說完，我按著繆里的背輕推到他面前。

聰明的約瑟夫「喔～」地點點頭。

「原來如此，我懂了。那麼……對喔，既然這樣，我們家就派四個過去好了。嬸嬸，這樣就沒問題了吧？」

「什麼沒問題？」

約瑟夫對疑惑的老奶奶解釋道：

「客人跟妳們一起去教會，這樣就沒有客人要招待啦。」

「嗯嗯～？搞什麼，要住教會啊？」

老奶奶遺憾地看來。等等，四個？

教會要找女性人手。老奶奶、媳婦、繆里……數到這裡，我才發現約瑟夫在說什麼。

「呃，不好吧？」

「我覺得很好哇。」

說話的是繆里。往旁一看，她臉上滿是得逞的笑。

被他們說倒就糟了，得全力勸退才行。

「萊赫先生和衛兵都見過我的臉，不管怎麼變裝，我一定會露出馬腳。」

約瑟夫聽了搖肩而笑，看來只是說笑。

「請原諒。」

我放鬆得肩膀一垂，約瑟夫繼續說：

「寇爾先生就和我在船上等著吧，這樣有緊急情況就能馬上出海，船上還有些烈酒。」

「那就麻煩您安排了。」

約瑟夫點個頭，向老奶奶和媳婦下幾個指示，先一步出門去了。

繆里遺憾地唉聲嘆氣。

「只差一點點而已。」

「請別開那種玩笑。」

「我一直都很想要姊姊耶。」

訓她也只是跟自己過不去，只好嘆氣。繆里縮著脖子笑。

「那我去準備衣服嘍。穿這樣不像島上的女生。」

體態豐腴的媳婦苦笑著說。

一旁，老奶奶將鍋子鐵板等廚具疊在一起，用麻繩綁起。儘管矮小又駝背，手腳倒是很靈活，動作乾淨俐落。年輕時肯定非常能幹。

「好～」

繆里以討喜的聲音回答，向放置草編籃的地方走去。她手腳俐落，說不定可以作個稱職的侍女，在大主教附近偷聽他們說話。就算被萊赫發現，堅稱自己只是來幫忙就行了吧。

「來來來，看看合不合身。」

媳婦從角落高堆的籃子裡翻出各種東西，解開最後拿出的布包這麼說。繆里也興致勃勃，對她會拿出怎樣的衣服雀躍不已。布包似乎放了很久，一動就抖出不少灰塵，嗆得媳婦直咳嗽，繆里哈哈笑。

在爐邊烤火的我看著這副景象，覺得有種說不上來的怪。

稍微想想後，發現是家族成員的問題。

這裡有老奶奶，她的兒子和媳婦，以及他們的兒子。男性都離鄉到阿蒂夫工作了，所以是女性當家。那麼，為什麼會有女孩的衣服呢？

打開布包拿出來的，是樸素但看似相當溫暖的衣物。往繆里身上一比，竟合身得像訂做一樣。從稚氣的裝飾看來，不像是媳婦或老奶奶的衣服。

媳婦淺笑著看繆里迅速換裝，不時輕拭眼角。

「當初只是心裡放不下才留著，想不到還會有用上的一天。」

她喃喃這麼說，嘆了口氣。這下總算讓我明白衣服的主人已經不在了，而繆里似乎也是如此，臉上喜色盡失。

「……是生病嗎？」

「怎麼會。那孩子從小就很健康，做事又很勤快，就算冬天掉進海裡也笑得出來呢。」

「這樣啊。原來不只衣服合身，連其他地方都跟我好像喔。」

「真的嗎？」

繆里的話讓媳婦略感訝異，然後開心地笑了笑。

「袖子好像有點長。全身尺寸剛好。看到有人能再穿上它，我好高興。」

「袖子也沒問題喔。對吧，大哥哥？」

繆里穿好之後輕盈地轉個圈，搖動裙襬。顏色是用草木染成的淺色系，完全是一件普普通通的女孩服飾，不過這樣的樸素倒是很適合繆里。甚至讓我覺得，如果她平常也穿這種衣服，說不定會稍微端莊一點。

「對呀。」

雖然我也同意，媳婦還是看不太過去，拿針線過來稍作修改。或許單純是想為她多做點什麼吧。

「那孩子離開以後……已經五年了吧。時間過得真快。」

媳婦修改袖口的這段時間，繆里一聲不響地看著。老奶奶備好廚具隨即動身前往教會。

啪嘰、啪嘰。爐裡的燒火聲變得好明顯。

「那天也是這樣的日子吧。」

稍微改完袖長後，媳婦拉直繆里的手看結果，似乎是恰恰好。她滿意地點點頭，開始改另一條袖子。

「真的很突然。那天我們只是很正常地吃完飯，準備睡覺，事情就發生了。」

另一條袖子很快就完工，這次也改得很漂亮。繆里沒道謝，只是靜靜注視面前的媳婦。

媳婦保持述說往事的微笑，抽抽鼻子、擦擦眼角。這時，繆里理所當然地將手搭上她的肩，

媳婦有些吃驚，但手仍疊了上去。

她女兒遭遇了什麼事，已不言而喻。

我不是早就知道這種事不時會發生了嗎。

「現在應該在某個城鎮努力工作吧。如果真的是這樣，我也就心甘情願了。」

她被賣去作奴隸了。

就在媳婦敗給悲傷彎腰啜泣時，一道靈光之箭射進我腦裡。

對啊，我怎麼沒想到呢？

這地區不是有很多能讓大商行捧著大錢來買的商品嗎？

而且那不僅能解決這裡的問題，還有大商人的問題。

一般商品銀貨兩訖後就互不相干了，可是奴隸不同。

奴隸即使遠在他鄉，家人也會擔心他的安危，為他祈福。

那麼魯維克同盟來這裡買進大量奴隸，等於是拿島民作人質。畢竟要是惹惱奴隸販子，在他們手裡的同胞不知道會受到什麼樣的虐待。

從商人角度來看，這些勤勞的島民的確有用金山買下的價值。

那麼大主教在這當中是什麼位置？

嘴裡漫起的苦味，和嘔吐時酸液湧上的感覺很接近。

可能是聽說歐塔姆的事蹟，認為這裡信仰深厚，所以是特地來鎮撫民心，以確保買下大量奴隸當人質也不會出問題吧。

於是商人得到商品，島民得到金錢，大主教得到戰力。

豈非一石三鳥的妙計。想出這計謀的人，肯定是擁有惡魔頭腦的策士。

會覺得噁心，是因為這其中只有弱肉強食，沒有一絲慈悲或同情。以為給了錢對方就該心滿意足，純粹是支配者的傲慢。

教會本該是心靈的避風港，現在卻墮落到無可救藥。

從轎上的大主教便能窺知。那分明是國王的舉止。

教會不應該允許這種事，不應該放縱這種事。

不只是為了溫菲爾王國。

比教會的教誨更根源的部分——我的良心，不能接受這種事。

「如果她住在很遠的地方，等我們旅途上遇到了，我一定會告訴她媽媽很想她。」

聽繆里這麼說，媳婦不斷拭淚，頻頻道謝。

被賣去作奴隸和旅行完全不同。再華美的詞藻，也無法正當化這個家和海邊漁夫家的不幸，在這地區遍地皆是的事實。

那麼，我該怎麼做呢？

第一個想到的是歐塔姆。若想用合乎實際的方法阻止這可怕計畫，就非得說服一手執掌這地區信仰的歐塔姆不可。這時，約瑟夫回來了。

「喔喔，好冷啊。雪又變大了。」

媳婦看見熟人回來而突然一陣害臊，趕緊放開擁抱繆里的手，堅強地笑幾聲。

「我也真是的，老了老了。」

「我覺得妳還很年輕喔。」

才出門一下子，兩人感情就變得這麼好，讓約瑟夫看傻了眼。

我走上前說：

「約瑟夫先生，有件事我想拜託一下。」

「咦？喔，什麼事？」

「您剛才說，現在隨時可以出海。」

那張鬍鬚臉立刻緊張起來。

「是可以，怎麼了嗎？」

「我想見歐塔姆先生一面。」

我必須說服他拒絕大主教他們的計畫。大主教他們的企圖對溫菲爾王國影響甚大，王國一旦知道這件事，肯定會設法提供援助，而那絕不會是大量購買奴隸之類殘忍的事。只要有替代方案，歐塔姆想必會願意聽聽我的想法。

在那片藍紫色的大海邊，歐塔姆孤寂的眼浮現腦海。感覺就像明明是來尋求救贖，卻陰錯陽差走上了毀滅之路。

當大主教他們的船滿載奴隸離去後，這座島除了不幸以外還會留下什麼呢？

「我有我的使命要達成，非得和歐塔姆先生談談不可。」

「這……喔不，既然史帝芬先生都親筆替您寫信，我就不問了。可是，見他沒必要出海。」

「咦？」

「歐塔姆大人已經在教會裡了。大主教他們過來之前，先去了修道院一趟。」

我差點沒腿軟。他們想得還真週到。

不過事情還沒有定論。

而且，還是有辦法接近他。

「知道了。」

我深深吸氣，視線轉向房間角落。

「繆里。」

讓媳婦紮起銀色辮子的頑皮女孩像小狗一樣看過來。

「我有事拜託妳。」

前往教會的途中，我們混進一群背著廚具的女性。看來教會那不只請人幫廚，還花不少錢向島民買食材，路上有不少人興奮地談論這件事。

她們沒有提燈，卻仍一眼也不看腳邊，在飛雪當中輕鬆前進。

教會中庭似乎點起了大篝火，黑暗中只有那裡朦朧發光。

「真的沒問題嗎？」

我盡可能壓低聲音對繆里問。她背著形似大柴刀，用布裹住的器械，賊笑著說：

「放心啦，和你一樣高的人有好幾個耶。」

的確，路上大多是似乎比我更有力的女性。

「可是我覺得有點可惜。」

「怎麼說？」

繆里撥下堆在兜帽上的雪說：

「難得有一個姊姊，多笑一點嘛。」

「……」

約瑟夫的玩笑成真了。繆里原本是很想大肆調侃的樣子，但現在表現得不太自在。可能是不想害我穿幫吧。

關於我所察覺的大主教的計畫，以及接下來有何打算，我只告訴了繆里一個。儘管繆里覺得我很賴皮，但還是笑著幫我梳頭。

還附上一句：「如果走散了就大喊我的名字吧！」

「如果計畫成功，要多久都笑給妳看。」

「真的？那可以用那個樣子在阿蒂夫過一天嗎？」

我解開了頭髮讓她仔細梳過，還抹了她從紐希拉帶來的髮油作整理。粗糙的皮膚，用貝殼粉和鋅粉混合成的粉底稍微補平。

衣服是直接向媳婦借來穿，再戴上手套遮手就完成了。

「我會考慮。」

我苦笑著這麼說，繆里也笑了。

教會裡活像辦起了小慶典，換個角度想，也像是擠滿了受戰亂逼迫而逃進城堡的難民。門口並沒有設置哨口檢查物品，不過衛兵還是注意到我們了。

這時，媳婦跟他耳語幾句。來往了兩、三回，衛兵嘴繃成一線退下了，大概是欠了她什麼吧。這裡畢竟是個小地方。

衛兵放行時，我低頭致謝。

然而裙襬搖搖的繆里卻對衛兵咧嘴一笑。

「我就說穿女裝有好處吧。」

衛兵只是苦笑著聳聳肩。

進了中庭，果然見到一堆盛大的篝火，照得四周比白天還亮。只靠教會餐廳的爐灶似乎來不及烹煮，到處是燒著爐子的火堆。燃料也不例外是由魯維克同盟提供，燒柴味聞起來很舒服。

「東西好了就趕快送過去，不要停！」

累得暈頭轉向的助理祭司，在沸鍋和熱騰騰的鐵板間走來走去，大聲吆喝。

不過他們動作還是很俐落，可見這裡的打魚旺季說不定也是這麼熱鬧忙碌。

周圍女性好像都互相認識，不過教會裡有如島上的另一個國度，見到陌生人也不在乎。

「看吧，就說不會穿幫了。」

我對不知在得意什麼的繆里聳聳肩，放下背上物品。

現在，得先找出歐塔姆的位置。中庭裡擠滿了做菜的女性，和經過長途航海，沒好好吃過一頓熱飯的男性。

在這裡瞎晃是不至於引人注意，可是屋內就不同了。

想找些小道具做掩飾時，我發現繆里不知何時不見，急忙左右張望。

這時，有人點點我的背。

「姊姊。」

是繆里，手上多了個藤簍。驚人的是，藤簍上擺了兩隻蒸氣滾滾，紅通通的大蝦。

「拿這個說要送給大鬍子吃就混得進去了吧？」

這個頑皮蛋說起真像那麼回事的謊，比她那個稱作賢狼的母親還厲害呢。

我感激地接下藤簍開始動身，繆里也跟來了。

「姊姊，你要用那種粗粗的聲音跟人問路嗎？」

並俏皮地眨起一眼。

「那間最熱鬧吧。」

繆里在路上指向我們初遇萊赫的屋舍。有大廳和暖爐，很適合設宴。

我不禁想到萊赫能不能喝得開心之類的怪問題，且一想像他得知大主教他們的目的後會如何苦惱，我也跟著心痛。門口站了個年輕聖堂騎士，那麼上位者一定就在這裡沒錯。繆里跑了過去，

對靠踏腳取暖，以飢餓眼神看著中庭炊事的騎士說：

「不好意思，人家要我們送鎮上最好的蝦子來。」

「蝦子？喔喔，真的好大隻。」

「這是要送給很照顧我們的歐塔姆大人，請問您知道他在哪裡嗎？」

「歐塔姆……抱歉，那是誰？」

「滿臉鬍子的修士。」

「喔，他啊，說烤肉味很難受，到禮拜堂那去了。大概是過著很嚴苛的修行生活，真了不起，不過蝦子他應該願意吃吧。」

這麼說來，筵席還沒正式開始。

想趁早到禮拜堂而轉身時，騎士叫住了我們。

「等一下。」

聲音很僵。喀鏘。還有從腰間提起佩劍的聲響。

我背對騎士，和繆里互看一眼。

穿幫了嗎？

這種時候，繆里當機立斷的能力明顯強過我。她迅速轉身就問：

「什麼事？」

「旁邊那個。」

他無視繆里，擺明是看著我說話。

繆里也在這一刻咬著下唇，手按胸前。

我男扮女裝混進來，被當作奸細也無話可說。

而這座島四周都是酷寒汪洋，沒人救得了我。

就在繆里抽出麥穀袋時——

「我有事拜託妳。」

我差點就「咦」出聲來了。清咳兩聲掩飾之後，我給繆里使個眼色。

「姊姊感冒出不了聲，有什麼需要嗎？」

「嗯，這樣啊。呃，我……」

騎士看看周圍，一臉難為情地說：

「可以分我吃一點嗎，蝦腳就行了。」

想不到堂堂聖堂騎士也會討東西吃。

不過，他應該真的是飢寒交迫到受不了了吧。

我和繆里對看一眼之後，她手往藤簍一伸就直接抓一整隻交給他。

「神說，要分享神的恩賜。」

繆里每次都一副不聽我訓話的樣子，但其實都有聽進去呢。

「冷了就不好了，我們先走了。」

繆里用力推推我的背，往禮拜堂走。騎士看看手上的蝦和我們，表情總算放鬆。能醉倒於奢侈，沉溺於強者理論的就只有他們的主子，其底下的人依然生活簡樸，和世上大多數人一樣忍受貧窮。

推翻大主教的計畫，也能拯救他們那樣的人。

重新下定決心時，騎士忽然對我們揮手。看他既開心又靦腆的樣子，我也忍不住揮手了。

直到繆里笑我，我才回神。

「完全是姊姊了呢。」

回嘴就著了她的道，所以我什麼也沒說。

禮拜堂就在圖書館隔壁，現在掛滿魚乾的田地前。

在這個難得能大肆喝酒歌舞的時刻，沒人想到禁慾與沉默的要塞來。

打開禮拜堂門扉，比室外更冷的空氣迎面飄來。

「……他在。」

繆里嗅嗅鼻子，抽抽耳朵，以雪花落地的音量說。我默默頷首，踏入門廳並關上門。眼前完全一片黑只是一會兒時間，待眼睛習慣陰暗，便能看見室內輪廓。

我們穿越迴廊，走下一小段階梯，見到堂門敞開。朝向深處祭壇擺設的長椅之間，有條又長又直的通道。

歐塔姆，就在通道彼端。

如黑色野獸般跪坐。

「這裡是禱告的地方。」

明明音量並不大，卻清晰得彷彿對著我耳朵說話。

我將裝蝦子的藤簍交給繆里，奮勇前進。

「歐塔姆先生。」

歐塔姆雖動也沒動，但應該立刻察覺了我們是誰，以及為何而來。我停在通道中間說：

「我想和您談談。」

「我說過，這裡是禱告的地方。」

「抱歉，請聽聽我的祈求。」

歐塔姆沒答話也不回頭，只是挺直彎曲的背。

「如果是我誤會了，您大可盡量笑我、損我，要罰我也行。但是，假如很不幸地我猜對了，那麼歐塔姆先生，我身為神的忠僕，有些話非說不可。」

歐塔姆的背影隱約有些膨脹，不知是氣我打擾他禱告，還是為嘆息而深呼吸的緣故。

無論如何，歐塔姆轉過身來直視了我。

「那個大主教和大商人，是來島上買奴隸的，沒錯吧？」

也許是眼睛徹底習慣了黑暗，歐塔姆的身影看得很清楚。

聖堂頂部開了窗，似乎鑲有玻璃。

窗口映入些微的雪光。

「還以為你是個蠢間諜呢。」

對於自己所料不差，我一點也高興不起來。那只是證明世上真的有不肖之徒如此囂張跋扈，舞弄權威罷了。

「那麼歐塔姆先生，您應該知道我想說什麼吧？」

我向前傾身，殷盼每一句話都能傳得遠一些。

然而歐塔姆一根鬍鬚也沒動。這位修士彷彿受到靜默之規箝制，不發一語。這表示歐塔姆明白大主教他們的計畫，也已經篤定決心。

儘管明知自己的選擇會導致毀滅，那雙看不出情緒的眼睛卻有如絕望的山羊。

「神聽得懂我們的言語嗎？」

那就是他的回答。愈是認真禱告的人，那句話聽來就愈是扎心。

我深呼吸後答道：

「既然我們生於人世，說人話就行了吧。」

「喔？」

他眼中首度出現近似情緒的光芒。

這賦予我勇氣，緊握拳說：

「拜託您不要和緊抓腐敗權力的教會聯手。如果讓溫菲爾王國知道這裡的困境，他們一定會提供合適的幫助。」

我沒有如此承諾的權力，做不了任何保證。

但是，至少我相信海蘭，相信那裡還保有神真正的教誨，希望歐塔姆也能相信。

「這可難說。」

而他卻這麼回答。

「差別只在於接受誰的施捨罷了。」

歐塔姆向我緩慢走近一步。有黑暗逼近的感覺。

「我只相信黑聖母的庇佑。」

為這座島犧牲的非人之人。

既然歐塔姆的狂信是根植於此，犧牲對他而言也是理所當然。

這麼一來，他沒理由拒絕當前已送來金山的魯維克同盟。

把握眼前確切的事物，是惡劣環境居民的鐵則。就算是燒紅的鐵，也要伸手去抓。哪怕手焦肉爛，眉頭也不能皺一下。

「祈禱吧。」

歐塔姆如此低語，穿過我身旁離開禮拜堂。別說追，我連轉身都做不到。面對裝飾豪華的祭壇動彈不得。

神究竟在做什麼，為何不出面阻止？不管我怎麼瞪堂堂展示於祭壇上，受微弱雪光映照的教會徽記，得到的也只有沉默。

我好不容易轉了身，想跑卻踏不出去。因為繆里就端著藤簍站在路中間。

「大哥哥，我們約好了哦。」

那是斥責我的眼神。

或許繆里說得沒錯，我真是個老實的濫好人，一旦離開溫泉鄉那樣夢幻的土地，現實的爪牙就會撕裂我。

可是真的有那麼正當嗎？歐塔姆也好，繆里也罷，都是用冷冰冰的心來處理冷冰冰的現實，這樣是對的嗎？冷靜且冷酷地聳聳肩說：「現實就是這樣。」是對的嗎？

因為這麼一句不染塵埃的話，就有幾十個人要被賣去作奴隸啊。

我忽然怒火中燒。

既然如此，就別怪我自作主張。

讓他了解這一點就行了吧？

「繆里，我要借用妳的力量。」

「咦？」

她錯愕地問。我大步走近站在路中間的少女，抓住她細瘦雙肩。

「大哥哥，你做什麼？會痛、會痛啦！」

繆里扭身試圖掙脫，手不禁放開了藤簍，肥美的大蝦落在地上。

就在她覺得可惜，注意力被引開而側臉轉向我的那一刻——

「……」

要繆里替我做事，這樣就行了，我知道她要的就是這個。我扭曲了自身信念般毫不排斥地行動，並洩恨似的將唇抽離她臉頰。

「繆里，我要妳變狼闖進筵席上，假裝是黑聖母的使者破壞他們……」

就在說到這裡的時候。

繆里盯著地面看的眼睛滴出淚珠，啪噠砸碎。

「……」

她一語不發，只用眼神將我逼退。那雙泛紅的琥珀色眼眸，在憤怒與輕蔑中顫動。

至此，我才明白自己幹了什麼好事。

我傷害了繆里。

深深地，傷了她的心。

「繆、繆里……我……」

「不要碰我！」

那痛心的叫喊使我的手停在空中。繆里注視著早已涼掉，摔斷了腿的蝦，彷彿那是自己死去的重要部分。

「你以前對我好，就是為了利用我嗎？」

繆里對發愣的我張牙舞爪地說。

「不是吧，我知道。」

語氣很溫和，嘴卻歪斜得像在嘲笑。她蹲了下來，將蝦子撿回藤簍上。

前不久還是令人垂涎的大餐，現在卻只是冷冰冰的屍骸。

繆里起身後，兩隻眼仍盯著藤簍上的蝦。

並且有某條線斷了似的說：

「不管我怎麼鬧，你也會對我好；不管我怎麼撒嬌，你還是對我好。這樣的你，根本就不是那些人的對手。」

繆里抬起頭，臉上是不曾見過的憤怒。

「可是我想看你繼續追逐夢想，所以心裡還是有那麼一點期待，希望笨到看不清楚周圍，只有腳踏實地算優點的你遲早會接受這地方的現實，繼續前進。就算未來要繼續幫那個金毛，只要你做得下去，我也願意幫你。可是——」

繆里吸吸鼻涕，用手臂擦了幾次眼睛。我面前的，已不是兄長不替她擦，嘴邊就會一直沾著麵包屑的女孩。

「你每一次都在原地兜圈子，讓人看得很難過。而且弄到最後……還做出、做出這種事……」

以為親她一下就能使喚她，簡直和大主教一樣傲慢。那之中沒有任何愛情或共鳴，就只有自私自利。

繆里又用力吸一次鼻子說：

「我要回去了。很抱歉打擾你旅行。」

接著轉身就走，來不及留她。但就算來得及，我又該對她說什麼呢？現在的我心裡一片混亂。更窩囊的是，我心中某個角落卻當這是理所當然的結果，冷靜地接受。或許是想假裝瀟灑，哄騙這罪無可赦的自己吧。

我不懂實際上是如何，只知道自己失去了很重要的事物。

那似乎就是繆里本身，抑或是我心中無論世界怎麼變，也要謹奉神之教誨而活的熱誠之類。

一時衝動之下，我對愛慕我的年幼少女做了那麼自私的事。牴觸信仰與否，並不存在於我當時的腦袋裡。

我從吞噬繆里的黑暗別開眼睛，望向不語的教會錦旗。過去那總在痛苦時給我力量的徽記，如今卻突顯著我的卑微。

有生以來，我是第一次想消失不見。

嘎吱的開門聲響起。是繆里出去了，還是出去又回來了呢？當一廂情願的妄想暫緩我的苦痛時，一群男子湧進禮拜堂。他們身穿甲冑，有的還舉著盾。

不知是因為遵守神聖殿堂中不可拔出銳器的禮儀，還是時間倉促。

「溫菲爾的奸細就是你？」

之前坐在轎上，一身皮草的那個商人走出騎士之間。

他打個手勢，身旁持盾的騎士便包圍了我。我知道抵抗沒有意義，又在人牆之後見到了繆里。

多半是歐塔姆告的密吧，可是我不氣惱也不失望。

她未受捆綁，只是被騎士架住雙手。

「乖乖配合就不會受傷。所謂和氣生財嘛。」

我不像繆里那樣繼承了狼血，用來戰鬥的爪牙也都斷了。我甚至希望用自己的性命換取繆里平安返回紐希拉。

見我跪下，商人滿意地頷首。

「很高興你這麼懂事。只要在這裡安分幾天，我自然會放你們回去。反正無論如何，那些漁夫都會把這裡的事說出去。放你回去，還能展現我們的寬宏大量呢。」

騎士抓住手臂拉我起身。

商人從頭到腳徹底打量我一番，哼笑著說：

「溫菲爾的人還真懂得耍寶。帶出去。」

對騎士下令後，商人逕自轉身離開禮拜堂。

繆里一眼也不看我，也沒有抽出胸前麥穀袋的意思。

只要她能平安獲釋，這倒是無所謂。

繆里要回紐希拉去了，此後不時會獨自再找機會到村外旅行吧。

那我自己呢？

我該相信什麼活下去呢？

雪愈下愈深。

「暴風雪要來了。」某個騎士低語道。

他們信守承諾，沒對我們動粗便直接丟進禮拜堂的藏寶庫，並給足毛毯與飲水。庫裡沒有窗，伸手不見五指，待騎士上鎖離去後便是完全的寂靜。

到明天早上，約瑟夫就會發現我們沒回去而察覺教堂出事了吧。但即使如此，他也無力救我們離開這裡，況且連出船都恐怕有困難。

大主教和歐塔姆將在這段時間談妥交易事宜，從各島召集能賣作奴隸的人，上船載走，而島上將取而代之地得到大筆黃金與片刻的喘息。

可是，這樣得來的安和生活究竟算什麼？

歐塔姆真甘願如此嗎？那也是信仰的一種形式嗎？

這麼想之餘，我也在心中嘲笑自己。就算我想得再多，實際能做的不過是扮家家酒而已。

應也關在庫裡的繆里像融化在黑暗之中，感覺不到她的存在。

使我忍不住懷疑這是一場夢，我已深深沉入夢中。

然而這不過是一種自我哀憐，想藉此遺忘自己對繆里的傷害與慚愧。與祈求睜開眼睛，就能見到繆里坐在床邊梳頭無異。

現在我該做的，是在這黑暗中找出繆里才對吧？

不然，我覺得自己恐怕再也見不到她。

「……」

問題是，我完全不知該說什麼好。聖經裡有那麼多神的話語，我卻一句有用的也找不到。

我慚愧得恨不得把自己掐死。雖想趁黑暗痛哭一場，卻流不出淚。

後來不知過了多久，門外出現腳步聲。不是金屬質感，而是柔軟的皮靴。走得很倉促，又似乎很緊張。途中停頓好幾次，甚至一度折返。縱然如此，腳步聲終究來到了藏寶庫門前，鑰匙插入鎖孔。

「都沒事嗎？」

出現的，是萊赫。

「騎士在說他們抓到王國的手下，果然是你們。」

萊赫不時回頭望向禮拜堂入口，話說得很急。

「我不知道你們為什麼幫王國做事，但假如你們願意可憐我，請務必聽聽我的請求。」

我一時混亂。打開藏寶庫的鎖，準備放我們走的無疑是萊赫，可是有事相求的怎麼是他呢？不是應該相反嗎？

隨後，我注意到他那把鑰匙真正打開的，是他自己的心。

「請你通知王國歐塔姆大人和大主教的交易。雪會帶來風，捲成大風雪。凱森外邊的海這麼開闊，接下來這幾天他們的小船恐怕是出不去了。但是只要趁今晚出海走窄路，還是能在島的遮擋下冒著風雪往南走。順利的話，可以比大主教他們的船早一星期趕到王國去，到時候就能帶隊在南下航路攔截他們。」

匆匆說了一大串的萊赫，也把自己的妄想當作最後依靠。

目睹酒掩蓋不掉的醜惡現實，逼得他不得不這麼做。

「然後，請救救上了那艘船的人。」

我實在不認為有那麼容易。王國攻擊大主教所乘的船完全是宣戰行為，不可冒然為之。但萊赫替我開鎖也是事實，而約瑟夫也說過勉強出得了海，待在這裡又沒有任何幫助。於是

我點點頭，握起萊赫的手。

「跟我們一起走，離開這座島吧。」

萊赫是我的分身。困在島上動彈不得的倒影。

可是萊赫乍然一笑，重重搖了頭。

「我是藉口如廁才溜出來的，要是一去不回，事情馬上就會鬧大。好了，快走吧。」

萊赫看著我尷尬地笑。

「一次也好，我也想救救人啊。」

一股悲傷頓時湧上心頭。我不禁擁抱萊赫，拍拍他的背。

回過頭，見到繆里已經站起，低垂著頭。

「願神保佑你。」

不知是誰對誰這麼說，更不知道有無幫助。

我和繆里就此離開藏寶庫，隱身於筵席的騷忙中。

萊赫一轉眼就不見蹤影，我也不能喊他。

旅行就是這麼回事。我不是早就知道了嗎。

「我們走吧。」

雖明知不會有答覆，我仍這麼說之後再走，而繆里也乖乖跟來。無論再怎麼不情願，想回紐希拉還是得搭約瑟夫的船。

我們穿過一對對醉醺醺的男性與他們的女性舞伴來到大門。衛兵獨自喝著酒，見到我們只是稍微睜大了眼，什麼也沒說。

腳下的雪鬆軟如沙，滑得像在嘲笑我焦急的步伐，沒多久就喘了。但這次和下山那時不同，沒被繆里甩開。人生在世本來就該奮力向前，不然就白活了。我懊悔又難過地咬緊牙關，拚命往前踏出步伐。

到了港口，即使站著不動，呼嘯的風仍將雪片如飛沙般往我臉上吹。海邊浪聲滔天，夾雜棧橋和船隻的木板摩擦聲。走到約瑟夫的親戚家，見到他正在爐邊烘手。一看到我，惺忪的眼就亮了起來。

「請立刻出船。」

「沒問題。」

約瑟夫毫不躊躇或迷惘，沒喝完的酒一把撒進爐中，灰燼如狼煙似的飛舞。

我脫下女裝，迅速換回原來衣物，整理行囊背起。原想留幾枚銀幣，可是怕留下與我們關聯不淺的證據會連累她們，最後什麼也沒留就離開了。

在風雪中到了港邊，先走一步的約瑟夫在棧橋向我們揮手。

船已架上登船板，甲板燈火晃盪。

「呵呵，讓我想起以前教會攻來的時候啊。」

約瑟夫這麼說著，跟在我們後頭上船並收起登船板，頭探進通往甲板底下的樓梯口大喊：

「兄弟們！讓南方人看看咱們凱森人的骨氣！」

在我旅程上聽來的航海常識中，夜間出航等於是自殺行為。就算發生天大的事，看不見月亮就絕對不會開船。

可是現在別說沒月亮，還是個漫天飛雪，狂風咆哮的夜。浪又高又急，即使船靠著港也搖得很厲害。在這種時候出海，絕對不只是因為熟知自己居住的每一寸海域。那樣的勇氣，證明他們都是剛毅的水手。

我終於真正體會到，王國和教會為何如此認真想取得他們的戰力。他們都是生來就和這片吞人的海洋搏鬥而生存至今的戰士。既然能在白浪翻騰的雪夜出海，衝進滿天飛箭的敵陣簡直是小

事一樁吧。

船只要有錢就買得到。

但勇氣不是。

「出航！」

船槳隨這不知來自何人的叫喊從底下伸出，一齊粗暴地撞上棧橋，似乎是在推船。船緩緩離開棧橋，棧橋發出令人不安的嘎吱聲。

距離夠了之後，兩舷船槳呼吸一致地劃出美麗曲線擺上空中，划入海面。船開始有力地前進，駛離港口。

在沒有貨物可供避風的甲板上，我們任憑風雪吹打。然而我一點也不覺得冷，凝望凱森，以及遠處通明如焚的教會。

當初我來到這裡，究竟是為什麼呢。

如此令人目眩的疑問梗在胸口，讓我喘不過氣。

「暈船的話，直接吐在甲板上就行了。」

約瑟夫在瞬即大幅搖晃的船上笑著說。

「要是頭從船邊伸出去，小心被拖進夜晚的海裡。到了晚上，會有怪物躲在海裡。」

我不只不懷疑那是迷信或妄想，還覺得或許真是如此。

不見月光的夜海黑得宛如惡夢，只有不時湧起的白浪勉強告訴我這是現實。船像個驚慌的孩子小幅震顫，不時跺腳般猛搖。咚！咚！來自船底的撞擊聲，是來自海浪的拍打，還是怪物想拖獵物下水呢。

不一會兒功夫，教會的火光已遠在彼方。

「和他談過了嗎？」

約瑟夫表情放鬆，彷彿來到這裡就沒問題了似的問。

手上不知何時多了個小酒桶。

「是啊，算吧……」

我用海上的黑，將這淺白的謊胡混過去。

「那就好，這樣我就有臉見史帝芬先生了。」

約瑟夫笑著把酒桶交給我。喝了一口，發現是嗆辣的蒸餾酒。

「穿過這裡，走島中間的小路，風浪就會神奇地減弱很多。再忍一下就好。」

萊赫也說過同樣的話。

「麻煩您了。」

我也想趕快解脫而這麼說。

「包在我們身上。」

約瑟夫拍拍胸脯後走向船尾，不時隨大搖晃踏定腳步。我環顧四周，發現繆里閉著眼坐在船桅底下，全身用毛毯裹住。明明想和她說話只要走幾步就行，中間卻宛如隔著無限遠的距離。

我不忍見自己的傷口般不再看繆里，望向大海，但那並不會治療我的心。到了海上，海變得更加恐怖。

不知風勢漸強是因為船愈走愈快，還是大風雪將至的前兆。破碎的白浪飛快地在船後消失，彷彿被河流沖走。教會的火光，已和閃爍的飛雪難以區別。信仰也是這樣的東西呢。

我失了魂似的茫然望著大海，連寒冷也感覺不出來。

可以想像得到，接下來船將一路南行，送我到阿蒂夫向海蘭稟報事情始末，但以後的事完全是問號。

我不能回紐希拉，繆里一定不想見到我，然而我也覺得自己無法繼續待在海蘭身邊。我心中缺少了讓我待下去的某個要件。

因為我連自己都無法相信。

恍惚眺望大海的我，不禁將破碎的白浪想像成各種物體。有的像飛翔在黑暗中的白鳥，有的像爬行在海面上的白蛇。曾有一次特別大，我將它看成天使伸展雙翼，一次次地鼓振。

起先，我還受不了自己怎麼還有這種想像，然而我愈看愈怪。那白浪雖然起伏不定，但從未消失，反而似乎逐漸擴大。

不，它真的在擴大。

那不是白浪。

是船。

「約瑟夫先生！」

我盡可能地大喊，然後首次體會到人在怒海的渺小。我連自己的聲音都幾乎聽不見，冰屑如碎石般打在臉上。

船大幅左右搖擺，每次往上一跳，就得了熱病似的顫動。

我拚命站穩雙腳，走向船尾，朝著和其他船員一起緊抓舵柄的約瑟夫大叫：

「約瑟夫先生！有船！」

約瑟夫不知是因為寒冷，還是眼睛進了雪，抑或是耳裡聽見了荒唐報告，繃著一張臉。但我沒有看錯，回頭還能見到那天使般的航跡又大了一些。

「有船！有船靠近了！」

船又猛力搖晃，一陣飄浮感後，我重重摔在甲板上，好不容易才爬起來。約瑟夫他們摔是沒摔，但也錯愕地望著我指的方向。

「海盜來了！」

約瑟夫大喊一聲，放開舵柄衝下通往船艙的階梯，划槳速度也隨之加快，但是在黑暗中看不出加速了多少。而且海盜的船形細如長槍，完全是為最佳機動力而造。

反觀之下，我們這只是又寬又胖的商船。

被歐塔姆帶上那艘船的感覺重現腦海。

他們一定會追上。

告死天使的容顏已近在眼前。

「寇爾先生！」

我轉向約瑟夫的叫聲，只見他在船桅下緊抓著繆里的手。

再一次地，聲音斷絕了。

但我仍順約瑟夫的手勢往海另一邊望。

冷不防從霧中現身的怪物就在那裡。

細得像港口餐廳那條尖嘴魚的撞角衝了過來。

我忽然想起我和繆里的閒聊。

──海盜不是會從目標的船側邊撞上去，然後銜著短劍吼叫著搶船嗎？

記得自己是說：「嘴裡銜著短劍，不就叫不出來了嗎？」

海盜船的撞角一舉衝破了我們的左舷下方。

「──────」

我連那是別人的吶喊還是自己的慘叫都分不清。

當我察覺，自己已身處黑暗之中。

分不清上下，手腳似乎正拚命掙扎，又好像是錯覺。會覺得繆里就在身邊，大概是髮油氣味的緣故。「大哥哥！」的叫聲，也是我自己的奢望吧。

繆里。

念起她的剎那，一陣猛烈衝擊使我無法呼吸。

直到浮上水面，我才發現自己落海了。

「咳咳、咳咳！咕噗……」

咳沒幾次，迎頭淹來的浪又把我壓回海裡。

比起寒冷，無法呼吸的恐懼更令我驚慌。

身體重得像陷入泥沼，是因為禦寒衣物吸飽了水吧。

我拚命把頭探出水面呼吸，睜開眼睛，見到船的一側。船沒有翻覆，但少了幾枝槳，也許是被撞進海裡了。

我仰望護欄，不禁發笑。

無論怎麼挺身也搆不著。

而且船被波浪推得愈來愈遠，把我留在周圍什麼也沒有的漆黑汪洋。

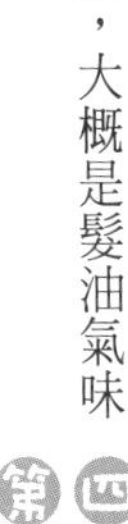

這時我發現，我就要死在這裡了。

寒冷使我的肢體開始使不上力。在紐希拉冬獵時，獵人曾教我不慎跌入河中的簡易應變法——用盡全力溫暖身體。不然手腳在一百次呼吸之前就會凍僵，再不用一百便失去意識，並在最後的一百前死去。萬一發現落水者……想到這裡，我發覺沒必要想下去。

畢竟這片海比紐希拉的河水更冷，也沒有地方上岸。

不必等一百次呼吸，我就會沉入水中，人生的各種選項隨之消逝。

這時我終於發現，腦袋裡只剩下一件事。

那多半就是所謂的後悔，一句短短的話。

「對不起。」

我真該早點向她道歉。無論她不理我還是拒絕接受。

可能是禦寒衣物裡藏了點空氣吧，手腳幾乎已不聽使喚，老天卻惡作劇似的反覆讓我被浪濤壓下去又浮起來。

讓我就此沉沒吧。

睡意般的自棄侵蝕肉體，使我閉上雙眼。

據說人在彌留之際會作夢。

看來那種夢已經開始了。

「大哥哥！」

繆里從逐漸漂遠的船尾跳了下來。

我恍惚地看著她，想的只是這樣衣服會弄濕。

繆里直接落海，濺起水花。

見到她的頭浮出水面，拚命向我游來的模樣，我才明白這是現實。

「大哥哥！」

「……繆……為、什麼……」

話已經說不清了。彷彿臼齒融化黏住了嘴，下巴不聽話地緊咬，僵得張也張不開。

繆里似乎是脫了衣服才跳海，身上衣物薄得誇張。

真想罵她：「感冒了怎麼辦。」

「大哥哥、大哥哥！」

繆里的手抓住我的臉，一陣大浪蓋過我倆。

頭能浮出水面，是因為繆里抱著我游的緣故吧。

「為、什麼……」

為什麼跳下來？我用眼神這麼問，而她卻像是跳進夏季水塘，甩去臉上水珠說：

「我不是說過了嗎！」

緊抓著我的繆里，身體暖得勾人睡意。

「就算大哥哥跌進黑暗冰冷的海裡，我也絕對會跟著跳下去，不會讓你一個人死。只要能陪在大哥哥身邊，要永遠待在海底我也甘願。」

我看著繆里的眼，她的表情笑中帶淚般地扭曲。

原來她這麼愛我。我恍惚地想。繆里是真心相信自己的感情，並寧願為其殉道。即使我對她做了那麼過分的事。

我使勁力氣驅動僵硬的身體，擁抱繆里。

並用無意對神祈禱的嘴說出最後的話。

「繆、里……」

「怎樣？」

泛紅的眼開心地看著我。

「對不起，我傷了妳的心。」

或許我只是作了這麼說的夢吧。

世界變得好安靜，身體不再隨波晃動。

明白自己正在下沉之後，有個念頭閃過心中。

黑聖母在哪裡？

那不是諷刺島民的信仰，只是希望她看著我們。
身體已感受不到海水的冰冷。
靜靜地，意識也沉沒了。

第五幕

突來的窒息感逼得我猛咳不止。

然而咳出喉中的不是氣，全都是水。經過劇烈的嘔吐而終於能呼吸後，我蜷著身體又是一陣咳。

無論吸氣呼氣都只會引來痛苦的咳嗽，等到呼吸好不容易穩定下來，喉嚨已熱得像火燒。

「咳咳！……咳咳！……呃啊……」

而我的腦袋是滿滿的霧水。

死後的世界是這麼活生生的嗎？難道我上不了天國，墜入地獄了？

我疑惑地環顧四周，發現人在牢獄般的狹窄石堆房間中，一旁有個火堆。只是在牆上留空的窗口外，有如世界邊境的狂風，不斷將雪片吹進房裡。看到這裡，我不禁寒毛倒豎。

這裡是修道院。我人在歐塔姆的修道院裡。

與寒冷不同的寒意頓時竄遍全身。難道至今遭遇的一切都是夢？都是我在修道院作的夢？我們從船上跳上棧橋時，就已經腳底打滑落海了嗎？

不然我無法接受。因為我落了海，然後──

「繆里！」

我終於注意到眼前的她。

繆里就側躺在那裡，整張臉蒼白得了無生氣，全身濕濡。

「繆里！繆里！」

不管我怎麼叫怎麼搖，她就是不醒。不僅如此，她的頭還癱軟地倒向一旁，水流出唇間。

令人作嘔的絕望使我用手指撬開她的嘴，讓她平躺。水雖流出來了，卻沒有呼吸。

神啊！向神祈禱前，繼承繆里之名的傭兵團所說的戰鬥逸事在腦裡響起。心臟停了不一定就會死，既然它不動，我們讓它動就好。

我叫她起床般用力拍打繆里的背，一次又一次。直到嘴裡再也不出水，她全身忽然一震，開始咳嗽。

「繆里！」

再叫喚她，她還是沒睜眼。耳朵湊到她嘴邊，能聽見游絲般的吸氣聲，但她的身體冷得像冰。得要讓她暖起來才行。

我求救般看向火堆，但那裡只有幾根沾上微弱火苗的細小漂流木。

「喔？運氣真好。」

突如其來的聲響嚇得我幾乎跳起來。

轉頭一看，見到歐塔姆從鄰房現身。

「您、您為什麼會……」

「這裡是我的修道院。」

歐塔姆輕聲這麼說，扔來一條破毯子。

「沒別的了。」

接著他轉身又走回去。

儘管毯子濕氣很重又充滿黴味，但總比沒有好。我解開繆里濕淋淋的纏腰並擰乾頭髮，脫去上衣裹上毯子。

繆里的唇已經不只是發紫，顏色淡得和臉上皮膚難以區別。

我用毯子盡其所能摩擦她的身體，但始終不見效。

「等我一下。」

留下這句話後，我站了起來。

一陣強烈暈眩使我雙腿一軟，狠狠撞上了牆，當場又是一陣嘔吐，吐出的全是鹹呼呼的海水。

在我邊吐邊懷疑哪來這麼多水時，我才確定自己真的是從船上落海而沉入水中。

可是，我完全不記得自己是怎麼來到這裡，也無法想像怎麼會有這種事。

吐完之後，我不等調息就爬向鄰房，見到歐塔姆坐在裡頭，雕刻黑聖母像。

「有什麼、有什麼東西可以燒嗎？」

我哀求似的問。

歐塔姆以鑿尖削削聖母像，在燭光下端詳幾眼。

「這裡是信仰之家，你就燃燒信仰吧。」

直到我先因心中燃起怒火而站起，歐塔姆才終於轉頭看我。

「人難免一死，她能多活這麼久，你應該為她高興才對。唉，如果不逃出禮拜堂的藏寶庫，她就能安穩地度過餘生了吧。」

第二次的暈眩，是憤怒的緣故。

然而歐塔姆的表情沒有絲毫變動。

「當我從筵席回來，就發現你們被沖上岸了。是黑聖母顯靈了吧。」

那雙沉靜的眼，怎麼看都像在陳述事實。

「你們不是想破壞我的決定嗎？」

說得一副給條毯子就該感激他的樣子。

喔不。我告誡自己，有這想法純粹是因為我敵視他。這裡真的什麼也沒有，歐塔姆自己穿的也是破布。其他就只有黑聖母像，其原料黑玉原石，少量蠟燭以及赤裸裸地擺在地上的食物。漂流木構成的火堆已是他最大的體恤。

那細小的火苗，就是這座修道院。

「我所做的，是為了保護黑聖母曾經保護的這座島。你們想阻止我，黑聖母也一視同仁地降示奇蹟。相形之下，你的信仰又是如何呢？」

我無從反駁。

「要是救不活你的同伴，就表示天意如此，莫可奈何，而這裡到處是莫可奈何的事。光是你能幸運得救，我就要感謝神與聖母的恩賜了。」

不得不承認，他的話十分合理。

可是，繆里就在我身旁垂死，現在或許還來得及救她。

我非常想表達這件事卻說不出口，是因為明知說再多也沒用。這裡什麼也沒有，只能祈禱。

歐塔姆靜靜別開眼睛。看似有點內疚，會是錯覺嗎？

「祈禱吧。我也會為你們祈禱。」

他轉過身去，緊握黑聖母這麼說。

最後一絲希望也斷了，使我落魄地回到繆里身旁，像個斷線傀儡垮坐下來。平時蹦蹦跳跳，老愛調皮搗蛋的小女孩，現在卻像將要沉睡百年的公主。

我再也聽不到她的嬉笑、哭泣或怒罵了。即使我做了那麼過分的事，她也一定是毫不猶豫地追著我跳海。在海中見到的笑容和當時的體溫，我都記憶猶新。

難道我就只能眼睜睜看著她的生命之火逐漸熄滅嗎？

我讀了那麼多遍聖經，和那麼多研習神學的人對話，朝朝夕夕一心禱告，最後卻落得這種結果，豈不是太過分了嗎？

承認自己過去所作所為全是錯誤，是一件很痛苦的事。

可是，再痛也痛不過失去繆里。

要埋怨神，以後時間多得是。尋找可燃物的途中，我恍然想起衣服也能燒，便急忙脫下上衣盡可能擰乾，提在火上。焦急的我將衣服盡可能貼近火焰，反而快把火逼熄了。

心想烤乾衣服就能燒的同時，我也開始擔心細枝會在那之前燒完。繆里的生命也是。

我拚命忍耐因絕望而嘶吼的衝動，手也好臉頰也好，一個勁地搓。

雖然我的手也相當冰冷，很害怕自己是白費時間，但現在別無他法。

好希望她能醒來再看看我。問我：「大哥哥，為什麼你表情這麼難過？」

現在，此時此刻，就是我需要神幫助的時候。可是繆里說得沒錯，神沒有從聖經裡跳出來救她。我也在心中對黑聖母大喊，為什麼要做這麼殘酷的事。何不讓我和她一起沉入海底，這算什麼奇蹟？

黑聖母的真實身分不是人類，而是古代精靈。她的雕像，結果也只是和泥炭跟煤一起出土的廢物，毫無價值。人們崇拜的不過是個偽神罷了。

這時，我憶起一件事。

「……毫無……價值……？」

記憶回溯到港都阿蒂夫。在那坐滿漁夫的餐館，海蘭所說的話重返耳畔。黑聖母是用黑玉雕成，性質類似琥珀，摩擦後能吸起沙礫或羊毛，然後呢？她還說了什麼？

「還有……一個辦法。」

我喃喃低語，並倒抽一口氣。噗通、噗通。血液開始奔流，腦袋發燙。

沒錯，這裡還有東西能燒。

燒黑聖母像就行了。

歐塔姆那時內疚的視線，就是因為隱瞞這件事吧。島民們當命一樣珍惜地隨身攜帶的黑聖母像，據說是來自日漸枯竭的煤礦坑，相當貴重。

在港口送我們來此的漁夫雖說日後可能只能向外地買黑玉，而島民不會有那種錢。

但是，人命應該重過黑玉。既然歐塔姆身為修士，應該也能明白這道理。

我站起身，深深呼吸。

這次沒有發暈。

「歐塔姆先生。」

歐塔姆沒有回頭，也沒停手。

「您的黑聖母像，能分給我嗎？」

他這才願意看我。

「用來祈禱嗎？」

這蒜裝得也太明顯。

「我現在只能燃燒信仰了。」

歐塔姆的眼稍微瞪大又瞇起。那是見到不願發生的事成真時的表情。

「不行。」

他簡短回答，看得出握著鑿子的手多使了點力。

「聖母像所剩不多，不能浪費在有沒有救都不知道的人身上。死了這條心吧。」

歐塔姆又轉回原位。

「我已經對很多人說過同樣的話了。」

歐塔姆的每一字都像鉛塊那麼重，壓退了我。他的話背負著多少包袱，我已經親眼見識過。

這地區就是建立在這樣的根基上，要維持如此危險的平衡，只能依靠對黑聖母的禱告。

這麼一來，為了一個不知能否得救的人焚燒黑聖母像並不合理。天平兩端並不均衡。這是倡導博愛的聖職人員很容易遇到的典型惡魔問題。

若殺一人能救百人，你如何選擇？

歐塔姆沒有逃避這個問題，並做好遭人怨恨的準備，毫無扳曲原則的意思。他以沉默來強調

自己是接受了過去的一切，一次又一次地拯救百人，如今才會留在這裡。

本能告訴我，不可能說服他。

我逃跑似的轉向背後。

我們在那一刻的確死了一次，繆里也是抱著赴死的決心跳海的吧，而最後卻奇蹟性地漂到修道院。歐塔姆的話是千真萬確，人終要一死，哪怕只是稍微延長也值得高興，感謝神的恩賜。

道理上無懈可擊，連螞蟻都鑽不過。

可是能否接受，就是另一回事了。

我無法眼睜睜看著繆里死去，絕對不行。再怎麼樣也不可能有這種事。

自從來到這座島，我遭遇了一連串難以置信的事，目睹了自己心中的空虛。但我依然肯定，就只有一件事我無論如何都不會退讓。

那就是——

「我不會拋下繆里。」

世上唯有繆里真心相信我這個不知天高地厚的人，能成為聖職人員拯救他人。

我不知道神會不會聽見我的祈禱，但我聽得見繆里的祈禱。能不能實現，全看我怎麼做。繆里信仰的對象，就是我。

若無法實現她的祈禱，又如何能向神祈求同樣的事呢。

火堆的光芒，照在生命之火猶如風中殘燭的繆里側臉上。

不該是這麼平靜的表情。就連睡覺，繆里的表情也很豐富。

我不會拋下繆里。就算她要為拯救百人而犧牲，我也非得陪著她不可。

因為我曾向她承諾，會永遠站在她這邊。

「你可以儘管恨我。」

我體格雖不強壯，但歐塔姆是明顯瘦弱。或許平日幾乎不進食，都窩在這裡雕刻吧。

不過他手上有鑿子。看起來又鈍又破，只能勉強削動黑玉，似乎用盡全身力氣，還不知道能不能刺破皮膚。

若是把利劍，勝負一瞬間就能決定。

這樣打起來，雙方肯定遍體鱗傷，悽慘無比。

那又如何。

神始終是那麼殘酷。

「繆里。」

就在我低喃她的名字，準備攻擊歐塔姆的那一刻。

「人類總是這樣。」

歐塔姆開口了。

「轉眼就忘卻恩情，惑於私慾。」

腳動不了，不是決心因這些話而動搖。理性外的部分，制住了我的雙腿。

歐塔姆注視著我大口吸氣，長至腹部的鬚髮隨之膨脹。原以為是眼花，但我真的沒看錯，歐塔姆體型頓時大了一圈。

「展現奇蹟還不夠，非得降示懲罰，人類才會想起為何信仰。所以我才需要在這裡不斷雕刻，提醒是誰救了他們，有什麼不能遺忘。」

仍然坐著的他，身體卻大到我必須仰望。彷彿某種玩笑，他用非常困苦的姿勢俯視著我。

歐塔姆也是非人之人。

這時，我發覺自己的短慮。問繆里怎麼看歐塔姆時，她說他身上沒有野獸的氣味。

我故鄉拜的是什麼神？

「恨我吧。我會懷著你們對牛豬的罪惡感，請求神的寬恕。」

一雙烏黑的大手，要將我捏碎般伸來。

我無路可逃，就算能逃，繆里就在背後。

神啊！

剎那間，有東西從旁竄過。

一團銀色曳著尾巴撲向歐塔姆。

「野獸？怎麼會！」

繆里化成狼形，撲向歐塔姆。

正要站起的歐塔姆大叫著失去平衡，轟隆一聲跌在地上。震裂屋頂，倚牆放置的黑聖母像紛紛倒下。

但他仍拚命甩手要趕走繆里。不一會兒，他發現了。

銀狼並不在他面前。

經過異樣的沉默，我毛骨悚然地轉身查看。

繆里靜靜地躺在那裡。

嘴邊似乎有那麼一點點笑意。

「繆里！繆里！」

那該不會是她的靈魂吧？

我摸摸她的臉頰和脖子，全都冷得嚇人。於是不敢相信地抱起那虛弱得似乎要崩散的身體，耳朵湊到她嘴邊，還有細微的呼吸。

但恐怕撐不了多久了。我知道繆里是用盡最後的力氣，為我喚起了奇蹟。

我掀開毯子緊抱她。現在只能祈禱，她能像我在海中那樣感受到我的體溫。告訴她，我就在這裡。如同她直到最後也捨身救我，我也會陪伴她直到最後。

我很快就感到背後有人接近，可是沒有回頭。我不想為他浪費時間。
要殺就殺吧。反正我活下去也沒意義了。
還想咒罵自己如此無力地活著。
「拿去吧。」
喀、叩隆。幾塊黑色物體伴著清脆響聲滾了過來。有的像石頭，有的刻到一半，有些甚至已有精美雕飾。
轉過頭，見到身形依然膨大的歐塔姆凝視著我懷中的繆里。
他表情苦澀，似乎有滿腹疑問。
不知道那是否因為非人之人間的某種情懷，現在也不是想那種事的時候。
我立刻拾起黑玉，在牆上砸碎，拿到火堆上燒。
火又縮小了一下子。這東西沒那麼易燃。
急得想哭的我頭上，有聲音落下。
「把枝條壓住，別讓它散了。」
不等我多想，背後已傳來長長的吸氣聲。我連忙伸手抓住漂流木沒有著火的部分，按住餘燼。
一團船上甲板那麼大的風緊接著吹過石室。
火堆的火經這一吹，隨即延燒上黑玉碎片。

「要出煙了。」

歐塔姆這麼說，並用大得誇張的手扶上窗口，將石牆當陶坯一樣挖開，黑煙跟著全流出擴大的窗外。

接著，他退進鄰房又馬上回來，伸手越過我頭頂，在火堆上捏碎黑玉，再次吹氣。

火堆瞬時烈火熊熊，熱得似乎能烤焦皮膚。

「我……」

歐塔姆的聲音傳來，接著是重重的坐地聲。

「我到底該怎麼做才好？」

回頭見到的歐塔姆體型不變，但顯得相當沮喪。

他困頓地縮成一團，看著倒在地上的聖母像。

「人類總是不斷繁殖，不顧後果地繁殖，明知會導致毀滅也要繁殖。這麼多年了，我始終不懂『這東西』為何要為如此愚蠢的人類犧牲性命。」

歐塔姆的指尖憐惜地碰觸聖母像。

「……您……」

我緊張地吞吞口水。

「您不是人類吧，和那位聖母一樣。」

他緩緩看來的眼，彷彿放棄了些什麼。那幾乎全黑的怪異眼珠明顯不屬於人類，但其實渴望說出事實的眼神卻比人更像人。

「……在古代，人類把我們當海龍崇拜。」

歐塔姆像個亡國的王，蜷著背說：

「管我們叫鯨魚。」

足以抵擋岩漿的巨大軀體、約瑟夫所說的海上奇蹟、撲滅船上火災的怪浪、不可思議的豐漁。全都連成一串了。

也難怪繆里沒聞出他的身分，畢竟是第一次出海。

「我已記不得這東西是我的家人還是同伴了。應該也有過名字，可是我完全想不起。就是在那麼久以前，她獨自離群旅行了。我原本並不掛意，但有一天忽然想見見她，就到處去尋找她的蹤跡。等我找到，她已經是焦炭了。」

黑聖母現身拯救港埠後出現的豐漁，是因為吃魚的鯨魚不在了吧。漁夫所言不假，從前這片海裡真的有龍。

「我怎麼也想不通。人類是種愚蠢的生物，放著不管也很快就會自我毀滅。於是我猜想，她願意捨命救人一定有她的原因。」

「所以你才維持這些人的生活？」

歐塔姆原想點頭，卻中途打住。

「不對。如果人都離開了，他們就會淡忘她，所以我決定飼養這些人。要他們傳承這段過去，永誌於心。」

飼養人類。

儘管覺得刺耳，歐塔姆仍繼續說：

「大海是那麼地寬廣，那麼地深。我能在海裡漂流近乎永恆的時光，是因為知道她就在路上某個地方，總有一天會見到她。」

歐塔姆的孤寂就是來自於此吧。

「假如只有我記得她，我遲早會以為那只是一場夢，以為我打從一開始就是孤單一人。那是一件非常恐怖的事。海底世界無邊無際，而且真的安靜無聲。」

我雖不敢說自己能理解壽命長久的苦惱，但仍見過幾個為此而苦的人。

「可是，那似乎不是我真正的希望。是她讓我注意到的。」

歐塔姆看著我懷中說：

「那頭狼即使性命垂危，也為了救你而現出真身。那麼……那麼，為什麼她死的時候，沒有出現在我面前呢？」

孤獨的修士手握黑聖母像，淚水似乎就要決堤。

「我知道維護那座島，等於是延長島上居民的磨難。而我依然這麼做，並不是因為要他們傳頌她。若只為如此，應該還有其他方法才對。但我選擇繼續看他們受苦，說穿了……」

歐塔姆長嘆一聲。

「就只是因為嫉妒而遷怒他們罷了。她臨死前想的多半不是我，而是島上這些人，讓我嫉妒起他們……」

我無法嘲笑，也無法責備他。

歐塔姆在無限寬廣的深邃海洋中，已經找不到黑聖母以外的同伴了吧。我完全無法體會那是怎樣的孤寂。

儘管如此，繆里注視世界地圖的落寞神情，我依然記得清晰。知道在這廣大世界找不到容身之地的人是如何寒心。

而歐塔姆的願望更是微小，就只是在這世上求一個伴罷了。

不過我最近也學到，同一件事會有各種角度的看法。

「……就算您真是嫉妒，您長年維護這地區的均衡仍是事實，也有人因此獲救，感謝您的人還是很多才對。」

歐塔姆首次露出笑容。

「想不到你會安慰我。真是沒藥醫。」

看來他是笑我傻。

「有句話，我想先對您說。」

我抱著繆里轉向歐塔姆。

「非常感謝您救了我們。」

我們絕不是碰巧漂到這裡，是歐塔姆出手搭救。從許多年前，他就是像這樣當人們在這海域發生意外而將黑聖母像投入海中時，順著氣味或某種訊號趕去救人吧。

我怎麼也不認為那單純是出於他口中的嫉妒。

若允許我擅自妄想，歐塔姆也是以他的方式，盡最大的力量守護昔日同伴曾經守護的這裡吧。

「我只是一時昏了頭罷了。」

歐塔姆小聲說道，並咳嗽似的苦笑。

「雖說如此，我還是很高興救了你們。我完全沒注意到她不是人類。或許這一切都是神的指引吧。」

即使是稀世的大神學家，聽了歐塔姆這句話也會苦惱該作何反應吧。

「多虧了那頭狼，我才明白自己該怎麼做。」

同時，他將手上的黑聖母像扔進火堆。

宛如某種訣別。

「我要回到深海，忘了這一切，人類也很快就會忘了這一切。人類真是種奇妙的生物，能夠吞下遠比自己巨大的辛酸和哀愁。」

說完，他十足修士樣地頷首。

「這就是所謂的信仰吧，我們沒那種東西。」

歐塔姆徐徐站起。

彷彿只是出門散個步。

「愛拿多少去燒都隨你。等風雪停了，一定會有人過來這裡，你就搭他們的船走吧。」

「……您要離開這裡嗎？」

「留下來做什麼？我終究是救不了這裡，黑聖母也無法真正拯救他們。說不定當初她沒犧牲，這裡的苦難早就結束了。」

一點也沒錯。

可是，究竟怎麼做算對，怎麼做又算錯呢？

人各有各的理由，各有各的判斷。

即使分開來看都正當，全部集合起來卻很容易成了錯誤。

一旦歐塔姆離去，這地區就會再也維持不下去，落得自然荒廢的下場。

相對地，再也不會有人在此受苦，這或許堪稱是一種救贖。

「我那個和你們利害關係相對的交易，應該能維持這裡一段時間吧。假如人類夠聰明，他們應該趁機離開這裡才對。如果做不到，也只能由他們去。」

我不禁猜想，也許歐塔姆是為了逼島民離開這個地區，才想從奴隸交易中找出一條活路。

因為他相信，就算被迫與家人分離，遠赴他鄉，也好過留在這裡。

我不認為這是激進的想法。畢竟我也曾想對萊赫做同樣的事。

「沒了我，交易就進行不下去。這麼一來，情勢就會往你所協助的溫菲爾那邊傾吧。」

不知為何，我一點也高興不起來。

「如果這島上挖得出黃金……就或許能拯救所有人了。」

我們都心知肚明，不會有那種皆大歡喜的奇蹟。即使是黑聖母，能創造的奇蹟也有限。非人之人雖然比人長壽，且大多擁有一大群人也無法抗衡的力量。然而，這樣的力量能阻止的事並不多。

繆里的母親赫蘿，也曾警告她非人之人能作的事有限，別高估自己的獠牙與利爪。就此而言，歐塔姆將自身力量融入社會以維持此地長久運作，是相當不容易的事。換言之，他治理得很好。

可是到頭來，誰也沒真正得救，就連哪裡有一點點好轉也找不到。這樣的結局實在太殘酷了。

「啊，對了。」

歐塔姆剛從垂吊鯊魚皮的門口探頭出去又折返。

「我拿一個走好了。就算我忘了一切，看見這東西以後，或許還能想起自己心中曾有一件重要的事。」

拾起一尊黑聖母像後，他唏嘘地歪起頭。

「真是奇怪。在這裡，這東西比黃金還貴重啊。」

就這樣，鯨魚的化身離去了。燒出滾滾黑煙的火堆火力驚人，衣服早已乾透，繆里的體溫也恢復了些。

歐塔姆的話耐人尋味。

此時此地，黑玉對我們而言確實比黃金更貴重。它救了繆里的命，讓我好想將這當作黑聖母的奇蹟大肆宣揚，高喊：「黑聖母真的存在！」它是不是從前鯨魚化身燒成的產物並不重要，也與能夠化為人類的鯨魚能否與聖經上的教誨相容無關。

重要的是，世人是否能相信這是奇蹟，以及它的確拯救了我們——

「然後呢？」

我注視手裡的黑聖母像。火堆的光在那安詳面孔上晃盪。在強光照射下，黑玉亮得有如黃金。

不，不對。

事實上，它不就在我手裡成了黃金嗎？

那麼，說不定還有辦法拯救這裡的居民。這麼想的我忘我地站起，差點摔了繆里的腦袋。我嚇得回神，滿嘴苦澀地嚙咬下唇。

我是個在溫泉鄉紐希拉讀過幾本書，淺嘗神學就自以為明白信仰真諦的膚淺小卒。不知天高地厚的我拚命思考而採取的行動，全都是徒勞無功。一想到恐怕又會因為自以為是而學到慘痛教訓，我就怕得無法前進。

這裡是受到歐塔姆這樣的人物治理，才能勉強維持均衡的土地，會因為外地人的一個念頭就扭轉乾坤嗎，別開玩笑了。我很想裝作什麼都沒想到，繼續溫暖繆里，然後將她的清醒當作自己的功勞，慶祝她平安生還。

「可是……」

我低喃著凝視繆里。

繆里的生命之火幾乎燃燒殆盡的那一刻，她讓我見到了奇蹟。即使我年歲徒長卻依然呆頭呆腦，這孩子還是希望我能夠追逐夢想。

倘若此時連那麼一點點勇氣都拿不出來，等她醒來我也沒臉見她。就算繆里不在意，我也不會原諒自己吧。

總覺得不試著一搏，會辜負她跳進那冰冷黑海的一番心意。

我這窩囊的兄長就算會弄得灰頭土臉，還是能完成一些事才對。應該找得到不會被繆里嘲笑的生活方式才對。

無論我再怎麼傻，也有義務繼續相信這個世界將慢慢改善。

我摸摸繆里的頭，梳整頭髮，小心地讓她躺在地上。

「我馬上回來。」

接著起身跑進鄰房，跨過散落一地的黑聖母像，推開風雪不斷鑽過縫隙的鯊魚皮。

寒冷瞬即迎面撲來。

我瞇起眼，不畏強風地奔向棧橋。

「歐塔姆先生！」

向大海盡全力呼喚他的名字。

但風立刻抹滅我的聲音，黑暗接管大海。

『什麼事？』

原來那不是黑暗。

我完全聽不出聲音是從何而來。不管左右張望還是抬頭望天，都分不清邊際究竟在哪裡的龐然巨物就在我面前。

在我驚訝得目瞪口呆時，黑暗說話了。

『沒事的話，我就走了。』

「請、請等一下！」

我先這麼說，並拚命整理思緒。

「島上有黃金。」

『什麼？』

「真的有黃金。不。」

我舉起握在手裡的黑聖母像這麼說：

「我要把它變成黃金。」

只要發生奇蹟，就能辦得到。

沒錯。

只要發生「奇蹟」。

不過，光是這樣還不夠也是事實。借用非人之人的力量，製造只能以奇蹟形容的情況是不難，但草率使用只能換取短暫的喘息。非人之人的巨大爪牙，不過是遠古神話時代的力量，能在這人類的新時代締造的成就極為有限。要徹底拯救有許多人居住的土地，就必須構築一套源自人類社會的社會機制。

因此在這層意義上，歐塔姆可說是巧妙地利用奇蹟來治理這個地區。

問題就出在，歐塔姆的奇蹟是用在抵抗苦難上吧。那肯定是歐塔姆極盡苦思才得出的最佳手段。而在我看來，它運作得也非常好。

但是在我的信念中，奇蹟應該是為人們帶來歡笑而存在，而社會的運作方式可以有更多可能。這是我在跟隨某卓越旅行商人的途中所學到的事，也是與從聖經字裡行間得出各種結論的神學者們討論而來的感想。

若懂得組合手邊一切資源，應該能創造新的光芒。

「只要有您的力量，就一定能實現。」

『……』

「只要利用這地區每個人的力量，這裡一定能重拾歡笑。」

經過一段沉默，歐塔姆慢慢地問：

『真的嗎？』

我無法保證事情肯定順利，而我要做的還是製造假奇蹟，藉此構築可以長久運作的機制。無論說得再好聽，也算不上聖經中善良信徒應有的行為。

然而，我在那座熔岩邊的祠堂感受到，信仰本身沒有對錯，只有結果有對錯之分。不過我能挺起胸膛說，讓就要被賣作奴隸的人回家，絕對沒有錯。

就算全世界的聖職人員都指責我，我相信繆里也會笑著說我做得好。

「真的。」

假如失敗了，也許會被歐塔姆吃掉或拖進海底吧。但我已經死過一次，不必畏懼那種事。

「真的。」

在我重複的瞬間，岸邊掀起一陣特別大的浪，同時歐塔姆出現在棧橋彼端。

以表露感情的強力眼神瞪視著我。

「我就信你一次。」

真是十足修士樣的回答。

終

幕

如今教會之所以溺於金錢、沉於權威，淪落至今天的面貌，是因為信仰價格高昂。光是在生子、婚禮、葬禮等人生大事上獲得祝福、保佑或慰藉，人們就會撒下大把金錢表達感激。出遠門要求旅途平安，生了病便期望早日痊癒，老了就想為另一個世界鋪路。在種種殷盼的驅動下，大多數人都願意獻上自身財產。

信仰，會化作金錢。

今天晴空萬里，彷彿這連日風雪全是幻象。

天氣好得令人心曠神怡，能感到冬季由南向北節節消退，新季節腳步正在接近。前不久的狂暴怒海，現在卻如熟睡的嬰孩般浪聲柔柔，輕撫岸邊。

一艘巨船，悠悠航行在如此平靜的海面。

據說這地區總共賣了上百人。形式上的名目是為崇高的教會奉獻勞力，而實際如何，只有神才知道了。

整個港都凱森沒人埋怨，但瀰漫著哀悽的氣氛。笑得出來的只有大主教和大商人，萊赫等知情者已經醉得不省人事。島民們收了黃金，承諾將在不久的戰爭中協助教會陣營，然而那是迫於無奈的抉擇。每當巨船經過一座島嶼，島上賣了家人的人都會出來送行吧。

這都是歐塔姆返回陸地後告訴我的。之後我們再次確認計畫，進行準備。事情不怎麼複雜，很快就完成了。

自那晚起只談正事的歐塔姆返回海裡時，往我瞥一眼。

「我們該怎麼回報，你一個字都還沒提過呢。」

我是為了溫菲爾王國，打探這地區是否能提供海上戰力而來。集島民崇敬於一身的歐塔姆意向如何，勢必舉足輕重。

「您忘了嗎，我們這條命是您救回來的，我還能要求什麼呢。」

歐塔姆笑也沒笑。

「這裡的討海人也有他們的尊嚴，不會想和用錢買島民作人質的人站同一邊。」

「可是，我的計畫是利用信仰賺錢啊。」

歐塔姆平靜的眼從鬚髮之間看來。

「同一種魚，品質好的價就喊得高。漁夫會怨這種事嗎？」

雖然歐塔姆說修士身分只是偽裝，不過那樣的答法愈來愈令人覺得他是個貨真價實的修士。

「至少我聽見你的呼喚，只要是大海延續的地方，無論何處都會趕到，可是這裡的人願不願意跟隨我……就只有神才知道了。」

發現他吊起唇角時，鯨魚的化身已返回海中。修道院中連接海面的洞穴，似乎是他白天的出

入口。目送歐塔姆消失在因光線變化而發出碧綠光芒的海面時，我心中並沒有完成海蘭所託的成就感。

而是為自己或許幫了獨自維持這地區的歐塔姆一個大忙而欣喜。

再來，就是完成我的工作了。我離開修道院，走向棧橋。

那裡繫了幾隻小船，都有人坐在裡頭。約瑟夫也在其中，不過其他幾乎都是海盜。

「歐塔姆大人告訴我，黑聖母發怒了。」

「喔喔……」

周圍一片嘩然。尤其是海盜們，個個嚇得臉色發白，而那與他們對我做的事也大有關聯吧。

在那暴風雪的夜晚，海盜們似乎是收到命令，凡是見到可疑船隻就立刻在海上制服。因此撞上約瑟夫的船倒還好，可是有一個笨蛋落了海，還有一個大笨蛋跟著跳下去，而前者偏偏是作聖職人員裝扮。

海盜見到我安然生還時的臉，我大概會有好一陣子忘不了。

有人說不出話，有人懷疑眼睛，有人跪地膜拜，甚至有人痛哭流涕。當歐塔姆吹捧我受盡黑聖母的庇佑之後，狀況更是變本加厲。

而現在，這些海盜全都以接受地獄審判的表情聆聽我一言一語。

大意是，有人要殘害這地區，於是黑聖母發怒了。

「黑聖母將會讓眾人明白，祂不是只會救人。」

知道這意味什麼的，就只有知道黑聖母真實身分的人了。

而為信仰下跪磕頭的人，表情全是一個樣地緊繃。

「然而黑聖母慈悲為懷，願意寬恕虔誠信徒一時的罪過。」

這句話也表示他們對我所為將獲得寬恕，得以免罪。海盜們聽了，表情似乎有些許放鬆。

「黑聖母已預告奇蹟，不久就會降下天譴。我們要對罪人展現慈悲，傳授他們正確的教誨。」

小船上的人不約而同點了頭。不是緊握著黑聖母像，就是撫摸懷中。

「要讓罪人明白，黑聖母降示的是真正的奇蹟。」

雖然海盜沒有歡欣鼓舞，但寂靜中但仍能感受到他們都明白該怎麼做。聽見「黑聖母的話就到這裡」之後，海盜們都划著小船返回停在遠處海上的槳帆船了。

約瑟夫的商船就停在一旁，被海盜船撞上的左舷也只是護欄開了個洞，做好應急處置便無礙航行。

「寇爾先生。」

海盜們回船時，約瑟夫跳上棧橋。

「這地方真的會有救嗎？」

我深吸口氣，回答這認真的問題。

「只有維持信仰才能帶來真正的救贖。不過我能向您保證，很快就有重大的救贖降臨這裡。」

我不能說謊，而且未來不是他們呼呼大睡就能坐享報償。

非人之人帶來的奇蹟，不過是個契機。

人要在人世中生存，總歸得靠自己的力量。

「那也很好，至少會比現在更好吧。」

約瑟夫留下這句話，也回船上去了。

我在棧橋目送他，待四周又恢復寂靜，往這片岩礁的另一頭走。

陽光耀眼，風平浪靜，海水清澈見底。

我踏穩一步再踏一步，在凹凸不平，到處積水的岩礁上踉蹌地走，沒多久就到了另一邊的海。

瞇起眼睛，便能清楚見到那艘趾高氣昂，悠然前進的巨船。

可說是晴天霹靂吧。

那艘巨船竟霎時跳上空中。

雖然知道發生了什麼事，但畫面仍十分驚人，不知船上的人是否全嚇破了膽。看似飄上空中的船摔進海裡，濺起的巨大水花彷彿時間變慢般緩緩升騰。隱約出現一抹小彩虹時，才終於聽見擂鼓般的轟隆聲。

巨船當然不會平安無事。它大幅向右傾斜，看似就要翻覆。

倘若海盜們也有仔細看，或許也能見到企圖用黃金帶走島民的船，被黑聖母的背頂得幾乎傾倒的情境。

「歐塔姆先生……太誇張了吧……」

我不禁呢喃時，歐塔姆的背已潛回海裡，船身隨之打直。

儘管伸出船側的排槳成了缺齒的梳子，仍急忙划水前進。

而歐塔姆似乎是用他巨大的尾鰭再補一擊，船頭下尾上地彈起來，像栽了一個大跟斗。等船返回海中，卻又變成由船尾下沉。可能是打出破洞，開始進水了。

船上應該是呼天搶地，亂成一團。

即使是知情的我，也看得直冒汗。這時，船忽然停止晃動，沒人划槳仍徐徐移動，船尾也不再下沉。

我想，是有人將黑聖母像投入海裡了。

畢竟遇到那種情況，任誰都只能求神憐憫，除此之外一點辦法也沒有。

他們將會受到不可思議的力量引導，漂流到最近的島嶼吧。當他們茫然失措，在同一時刻受到黑聖母指引的島民就會來救助他們，慰問同胞是否安好。

大主教應該會立刻明白為何會有此劫。畢竟船上載滿了為不幸嗚咽啜泣的人，而他們投入海裡的全是黑聖母像。

如此一來，就算再怎麼不願意，他也會肯定知道是誰降賜了奇蹟，發覺他們投入海中的是什麼樣的東西。

就連商人都熟知這種故事了，聖職人員不可能不懂。

那就是聖遺物。

「啊～大哥哥在做壞事。」

我隨聲音轉過頭去。

「妳可以起來了嗎？」

裹著毛毯的繆里臉色還很糟，不過受日光照耀的臉頰已經紅潤了些。

「天氣這麼好還睡大頭覺，會有報應的啦。」

「妳又說這種話……」

我如此擔憂，是因為她靠燃燒黑聖母的火堆保住一命後，又因為發高燒而呻吟了好幾天。儘管燒總算是退了，距離恢復最佳狀態還早得很吧。

「再說，我不是也有工作嗎？把身體睡鈍了也不好嘛。」

繆里這麼說之後遠眺大海。

若要完成我的願景，無論如何都需要繆里的力量。

因為我只是個無力的年輕小伙子罷了。

「娘曾經為爹挖溫泉，我則是為大哥哥挖石頭呢。」

有了狼鼻和狼爪這兩樣利器，即使是普遍認為礦藏枯竭的島嶼，也應該能發現新的礦脈，屆時就會有更多黑玉。然後在這樣的條件下，要對大主教他們發動最後攻勢。

告訴他們，這些聖母像是降世拯救這地區的黑聖母玉體碎片，攜帶它便是功德圓滿，前途光明。而且世界情勢正因為信仰正誤之爭大幅動盪，聖職人員應該會選擇與正確信仰為伍，希望受其恩惠者應該也很多才對。那麼曾經創造真正奇蹟的聖遺物，應該捧多少金幣來買都不嫌貴吧？

魯維克同盟的商人平時經常出入港都凱森。當挖來的黑玉由歐塔姆雕成聖母像，就能當聖遺物高價賣給他們，銷售方面交給萊赫來談即可。傳說中，鍊金術師能點鉛為金，而信仰則是真的能將炭石化作黃金。在那個風雪連天的夜裡，我對歐塔姆描繪這樣的願景，告訴他這群島應能藉此溫飽一段時日。

我的心智實在太軟弱，不足以貫徹信仰，就算想奮不顧身往目標猛衝，也是個大路痴。既然未來會順著自己一路走來的痕跡向前延續，我這輩子的處世方式或許就是這樣了。即使犯了罪，只要真心向神懺悔，就會獲得神的寬恕。這就是歐塔姆告訴我的道理。

我只能比過去加倍努力禱告了。

倘若禱告能夠救人，就不該捨棄信仰。

「像山那麼大的鯨魚啊……我在紐希拉聽到最誇張的事都沒這厲害耶。」

繆里嗤嗤地笑。

故事畢竟是人的產物，而既然這世界是神的產物，那麼現實比故事驚人也是理所當然吧。

「好了，快回火堆邊吧。」

天氣雖好，氣溫依然冰冷。當我推著繆里的肩趕她回去，她卻盯著我的手說這種話：

「不只是鯨魚的事很誇張，大哥哥終於鼓起勇氣也讓我很難相信呢。」

繆里一臉賊笑，直往我身上貼。

我忍不住退後想躲，卻立刻被高聳的岩石擋住退路。

「……要我說幾次妳才懂，那是妳誤會了。」

聽我這麼說，繆里貼得更用力了。

「誤會？誤會是什麼意思？即使被你蠻橫對待，我還是毫不猶豫地跳進海裡，就算變成靈魂還是要救你耶，你說我誤會了什麼東西？」

她說的每一件事都是我永難報答的恩情，也是償還不了的過錯。

但儘管如此，我還是只能說繆里講的「那個」純粹是誤會。

「我是因為……暴風雪持續太久，發現燃料不夠替妳保暖才那麼做。妳在紐希拉不是也學過嗎？要是冬天掉進河裡又沒辦法生火，就該那樣急救，說是寒冷地區旅者的智慧結晶也行。那是很普通的事。」

完全是別無他法才那麼做而已。如此堅稱的我還挺直腰桿撐起胸膛，表示沒有半分欺瞞。

見我這個樣子，繆里歪起頭，懷疑地盯著我瞧。

哪時咬過來都不奇怪。

這時，繆里的獸耳獸尾忽然冒了出來。

「是不是誤會，問問別人的看法就知道了吧？」

繆里笑得很從容，彷彿根本沒必要為那種話生氣。

不過我那麼做是完全沒私心，純粹發自善意。不僅我可以肯定，繆里其實也明白吧，所以才這麼無所謂。

「我啊，可是記得很～清楚喔。」

這青春少女縮起脖子，兩手捧著臉頰裝害羞。

那一夜，我脫下衣物讓身體直接互相緊貼來替她取暖。那本來就是最佳的取暖方法，而且是就連平地旅人都知道的事實，沒什麼好難為情。

然而繆里在那期間恢復意識時，立刻察覺到自己的狀況而這麼說：

「我已經變成大哥哥的新娘子了嗎？」

那時她的眼睛，亮得我在各方面都難以直視。

「下次給爹寫信的時候，一定要全部寫上去。我和大哥哥光溜溜地裹著同一條被子——好痛

喔……！」

繆里揉揉腦袋，但還是笑得很開心。

「不過，我是真的對你刮目相看，真的作你的新娘子也可以喔？」

我對繆里不敢恭維的視線，可不是演戲。

「我什麼也沒辦到。來到這裡以後，我一直都很無力。」

「是嗎？」

「就是。我連妳也沒保護好，給歐塔姆的建議，也跟騙小孩差不多。很可能只是暫時救個火而已。」

然而繆里依然燦笑。

「或許是吧，但至少從你的話聽來，這裡會稍微變得幸福一點呀。雖然你可能覺得那樣還不夠，可是該怎麼說呢……」

繆里聆聽風聲般閉上眼睛。

「那和那個大鬍子做的事完全不一樣，充滿了大哥哥的味道。」

「……味道？」

「嗯。只懂世界一半的一半，像羊的味道。」

原以為她又在調侃我，她卻睜開眼睛直勾勾地看著我說：

「你找的不是忍耐不幸的方法，而是增加幸福的方法。就算增加得再少，別人都以為辦不到，你還是相信溫暖的太陽就在山的另一邊，一直走下去，散發著耀眼的光芒。還頑固地相信世界不是不毛之地，只要大家合力耕耘就會好轉。就是有那種味道。」

我入迷地凝視她那純淨無瑕的眼眸。她所說的，是我只懂世界一半的一半的光明面。

「事實上，你即使失敗了好幾次卻還是沒有放棄，所以才想到現在這個方法的吧？就算是我，碰壁那麼多次以後也會乖乖夾著尾巴跑走。結果你不只有我的力量，還聚集了好多人的力量來幫你。」

其實我幾乎要放棄了。當時我可以選擇吞下異想，等待繆里醒來，可是我沒有那麼做，也做不到。那可以稱作信念，也可以稱作不知變通，甚至有點愚蠢。

不過我張著嘴說不出話，並不是因為想反駁卻找不到話說。

始終抬頭看著我的繆里嘿嘿嘿地笑，牽起我的手。

「大哥哥呀。」

我不認為繆里想繼續逗我。她語氣柔和，儘管表情像在動歪腦筋，氛圍卻是想說重要的事。

遠方，破損的船正要拖往鄰近島嶼。

望了一會兒後，我放棄掙扎，轉頭看繆里。

「什麼事？」

有一頭摻了銀粉般奇妙灰髮的少女，在吹撫同色獸耳獸尾的微風中說道：

「下次旅行也可以帶我去嗎？」

這句話的解釋方法之多，恐怕聖經裡也沒幾句能夠媲美。

應該是繆里心中各種衝突的想法全攪和在一起，再被她用力捏成一團才會變成這樣吧。

能釐清此話真義的方法，並不存在於這世上。

不過掰開麵包以後，給對方哪邊才會幸福這種事，單看手上麵包便能知曉。

「只要妳乖乖聽話就帶妳去。」

繆里脖子一縮，雙眼瞇若彎弓。

「好～」

她笑起來，尖尖的虎牙總是稍微顯眼一點。

繆里依著我，我搭著她的肩，往生了火的石屋走。

毛茸茸的尾巴調皮地掃弄我的腿。

天空一片蔚藍，海面平靜無波。

儘管依然不懂神究竟是否存在，但我能相信的真實就在這裡。

後記

感謝各位的愛護，我是支倉凍砂。第二集了，一不小心就讓各位等了半年，真對不起。自出道起，我幾乎是謹守四個月一本的速度寫書，現在已經完全搞不懂當初是怎麼維持的了……然而喪氣話說著說著，《狼與辛香料》的短篇集也寫出來了。本系列《狼與羊皮紙》也請各位多多支持。

這一次，我也是以每一頁都有可愛毛毛，適合睡前閱讀的目標來寫，不過後半氣氛好像變得很凝重，也偏離大綱不少。我寫小說還是一樣像瞎子摸象，無法預測全局呢。但由於路途艱辛，我反而很喜歡本集的最後一幕，希望各位也能喜歡。

呼～一下就寫了好多後記——這麼想著回頭一看，才發現只寫了兩頁篇幅的三分之一……前面那些就寫了我一個小時耶。

該再寫些什麼好呢……話說，我從去年就深深栽進了ＶＲ的世界，就聊這個好了。ＶＲ就是類似電擊文庫大家都很熟悉的什麼刀劍什麼神域的那個。雖然只有視覺進入二次元世界，代入感

就猛到玩恐怖遊戲就真的超恐怖，遲早會鬧出人命（心臟麻痺之類）而東禁西禁的程度。光是看著女性角色在自己眼前，腦子就快要炸掉一樣。或許會有人覺得我在唬爛，不過當角色伸手摸我臉的位置時，我甚至能感到溫暖。起先我還很感慨自己的妄想力居然已經達到那種地步，不過那似乎是在學理上證實過的正常心理現象，不知道該遺憾還是放心。

ＶＲ技術畢竟仍處於黎明期，目前能玩的遊戲並不多，萌系遊戲更是幾乎沒有，令人十分扼腕。於是我自己搞了個企劃，借用很多人的力量自己做一個。想起來了，我去年夏天到冬天就是因為它忙得團團轉……人說不定上了年紀，就很容易忘記告一段落的事呢。若有興趣，請上網搜尋「Project LUX」，這是一部長篇ＶＲ動畫作品，充滿「好想趕快進入二次元世界」的熱情。探索未知的領域，有很多東西得從零學起，製作起來很有挑戰性，甚至讓我想寫一篇以此為題的小說。

卯起來寫遊戲的事，篇幅一下子就用完了耶。

懇請各位繼續支持指教，我們下集再見。

支倉凍砂